鼻尖上站着一个天使

李振/著

路过心上的经典散文
邂逅一生的悦读，愿你翻过每一页

线装书局

图书在版编目(CIP)数据

鼻尖上站着一个天使 / 李振著. —北京：线装书局, 2019.12(2022.7)

ISBN 978-7-5120-3707-6

Ⅰ.①鼻… Ⅱ.①李… Ⅲ.①散文集—中国—当代 Ⅳ.①I267

中国版本图书馆 CIP 数据核字(2019)第 136742 号

鼻尖上站着一个天使

著　　者：李　振
责任编辑：张　倩
装帧设计：宋双成
出版发行：线装书局
地　址：北京市丰台区方庄日月天地大厦 B 座 17 层(100078)
电　话：010-58077126(发行部)　010-58076938(总编室)
网　址：www.zgxzsj.com
经　　销：新华书店
印　　刷：唐山富达印务有限公司
开　　本：640mm×910mm　1/16
印　　张：19
字　　数：235 千字
版　　次：2022 年 7 月第 1 版第 2 次印刷
印　　数：10001—20000 册
定　　价：49.80 元

线装书局官方微信

在阅读中优雅老去

二十岁时，第一次去凤凰，不为古镇美景，只为能与偶居夺翠楼的黄永玉先生见上一面。

时逢雨季，沱江奔啸，烟波微茫信难求。苦待数日，仍没能等到想见之人。

在清冷的雨丝中独自徘徊，满心失落。无意走进一家书店，里面尽是沈从文先生的文本作品。无处可去，只好在僻幽的角落里翻阅旧籍。而后，一发不可收拾。

回程当日，总觉有重要东西遗落城中，寻思许久，才跑去那条巷子的书店里买了本周身泛黄的《边城》。这本有着深蓝小印戳的《边城》，至今仍安躺于我的书柜里——它不仅使我在未果的行程中找到些许补偿，更让我在之后的时光无比怀念二十岁的自己。

再后来，兴许命里所定，真与书结下了不解之缘。不但自己看书写书，更领着诸多热爱文学的人走上了自己想走的路。

我经常跟学生们说，阅读是写作的命脉，只有不断阅读，才能保持创作角度的新颖和思维的敏捷。然而，阅读所赐予的，又何止是这些？

不管在何时何地，只要手中捧着一本书，心里便会觉得安然。书不但能排遣无聊的寂寞，将岁月的伤痛逐一缝补，还能把心灵淬炼成一块玲珑美玉。

一个爱书之人，必是睿智且沉稳的。遇事不惊，处之泰然。古人所说的“腹有诗书气自华”，便是这意思。

生命本就是一次有限的跋涉。一个经常看书和一个经常沉迷在网游世界的人，心灵绝对是不一样的。前者，往往更能体悟一叶一菩提的真谛。

书本所给予心灵的力量，是不可言喻的。十年寒窗，说的并不是读书人的艰辛，而是意在表述读书人的坚忍和不懈。试问，有多少人可以在寒窗下十年如一日地重复做同一件事情？

正如北大教授曹文轩所说，世间最优雅的姿态，就是阅读。不论静坐还是倾卧，甚至在厕所里，它都是最美的姿态。因为这样的人，通常都会从骨子里散发出一种极具亲和力的书卷气。

阅读人物，通晓历史，可以从他人鉴知自己得失；阅读杂文，百味世事，可在辛言辣语中澡雪精神；阅读情感，温热肺腑，可居书香浓情里滋养心灵；阅读故事，体会人生，可于静谧岁月中倾情流泪……

每一种书，都是风景；每一本书，都是亟待窥破的秘密。

宋朝诗人黄山谷有一句名言："三日不读书，便觉语言无味，面目可憎。"这其中说的，就是每日读书的重要性。

本系列图书，所遵循的就是这个简单的理论。通过遴选当下不同类型的精华文章，给读者送去不同的心灵养分——成长的人生让你懂得如何珍惜青春，成功的智者让你明白如何把握自己的人生，真情的自我让你寻回本真的感动，感悟让你看到世界别样的美好……

为了能找到年度最精华的文章，为了给读者省去寻找的烦琐，我们几乎把本年度的期刊翻了个遍，目的就是为了去其糟粕，取其精华。

我们的宗旨只有一个，就是为这个时代的读者，奉献好书。

但愿我们可以放慢忙乱的步伐，一起在欢愉的阅读中，优雅老去。

一路开花

2018年12月书于云南曲靖

目录

第一辑　决定人生的方向

第二辑　走向卓越的美好品质

第三辑　有梦的人生才精彩

第四辑　用心做好每一件事

第五辑 把有趣的事做到极致

第六辑　你若盛开，清风自来

第一辑

决定人生的方向

是的，人有旦夕祸福，天有不测风云……但这一切之于生命本真和人生旅途，并不是最紧要和可怕的。因为你决定不了世界无常，如同你决定不了风的方向一样。旦夕祸福常相伴，忠实与坚持自己的愿望和梦想，你就是你心中最了不起的英雄，一定能找到最终的快乐和欣喜；不测风云难预料，只需一颗强大内心足以战胜暂时恐惧，冲出厄运包围，重建和寻找精神的家园和人生的真谛。因此，你决定不了风的方向，风的方向也决定不了你，但你可以决定你自己，正是你可以决定自己重新起航的时候了。

找到自己的海

他出身平凡，贫困低微。刚入学时，努力学习数学，梦想成为数学家，而基本心算却是班级里最慢的。时世艰难，几年后学校被迫关闭，他只好回到家中。

不久，父亲病逝。迫于生计，他被母亲送进工厂做童工，自幼喜欢唱歌和表演，11岁时又幻想成为一名歌唱家或演员，但被沉重的工作压力累得喘不过气来。

14岁，他小学都没有毕业，哭着闹着向母亲哀求，发誓去当演员成为明星。母亲拗不过，任由他离开家乡，独自前往大都市寻找梦想。然而，在偌大而陌生的城市，没有一家剧团愿意接收他，反而无端受到不少尖刻鄙薄和嘲讽，说他是个白痴，存心出来寻乐子的。

他走投无路时，忍饥挨饿，以打零工为生。后又改变兴趣和方向，去舞蹈学校学习舞蹈，转而幻想成为舞蹈家或歌星。很快，他在面对公众时总是感觉放不开，羞怯得难以自持，尽管勤奋超人，学习好声乐还有什么用呢？郁闷至极，最终大病一场，彻底破灭了他的狂热、希望和向往。同时，他猛然感到清醒许多，原来自己缺少的正是表演天分，当不了明星。

早年，他受父亲影响，酷爱文学，加上不曾间断阅读古典名著的习惯，深深体会过作家的写作经验和作品魅力。这一次，他又改变志趣，认为自己只要百折不回，勇于创作，一定能够登上文学高峰。

17岁，已被认定当不了演员又成不了歌星，他却以天才般的灵感和才华写出了一部剧本，意外地受到名家指点和赞赏，并以此重获入学“深造”的机会，却是和低年级的孩子坐在一起上课，但孩子们对他这个高高瘦瘦又满嘴乡土口音的大哥哥并不待见，时常嘲笑他是又丑又笨的乡巴佬。

23岁，他终于从初中学校毕业了。不过他从未放弃过对文学艺术的热爱和追求，在校期间还曾向报纸杂志投稿，发表了两首诗歌。一年后，他写的第二部剧本获得公演，竟赢得了公众认可和喝彩。就此，一个才华横溢的剧作家破茧而出，他流下了滚滚热泪。

二十多年过去，他就是这样从最底层，亦步亦趋地成长、尝试和改变自己。直到26岁，他高中都没有读过，突然转身再次踏上新的征程。一个人，跑去大海上，当了一名海员。然而，他是作家、诗人、剧作家，多才多艺，甚至还剪得一手好剪纸，自从面朝大海，踏上轮船航行后，他又成了一名游记作者。用不多的时间，他游历了所有能够靠岸和抵达的国家，写出了三部游记著作。30岁时，他的自传体长篇小说出版，又一次广受好评和欢迎。

几年后，他在寄给岸上的女友信中说：“我要为下一代创作了。”原来，他在海上航行时，时间会变得很漫长，一到晚上他就用一切感情和思想写成故事，待到几个月之后，回到自己的国土上，突然发现所有的孩子都喜欢阅读他写的故事。他仿佛是一位老人，看到孩子们在聆听过他讲述的故事之后，愉悦的笑脸汇成了海洋一样，令人着迷陶醉，感到无比幸福、健康、纯洁和富有。

这时，他已经34岁。他因此自认为终于找到了属于自己的海，成了他终身创作的动力和源泉、目标和梦想。直到去世的前三年，他坚持不懈地写作43年，共创作出童话故事168篇，把他的才华和生命都献给了“未来的一代”。

去世后，他被尊为“现代童话之父”，被世人称为“世界童话之王”和“丹麦童话大师”。于是，丹麦作家安徒生的名字响彻整个世界，一百年来，他的童话作品被译成150多种语言文字，数以亿万册童话书在全球出版发行，深得历代世界各国儿童的崇尚和喜爱，历久弥新，经久不衰，成为经典著作。

是的，一颗普通的沙砾，要想成为色彩瑰丽气质高雅的珍珠，首要条件不只是找到历练自己的贝壳，更要找到贝壳之外成全自己命运的大海。每一颗沙砾都有潜质成为珍珠，而安徒生的潜质是在经历过重重考验和磨难之后，直到34岁才找到自己的海，才在大海航行中被自己重新发现、发掘并发挥出来，达到极致。

因此，在人生和梦想的抉择面前，命运，有时候并不取决于你这个不行、那个也不行，也不取决于你什么都能做以及是否真行，而是取决于你有没有找到在某一方面的特长或者潜质。尽管需要漫长时间，经历坎坷，有潜力并发挥到极致，一定能做出杰出的事业和贡献。

找到自己的海，沙砾才可能有机会进入贝壳体内，历经磨砺，并成长为一颗光亮耀眼的珍珠。

倾听荒漠的声音

2011年4月，南京市的高中生万欣考上了美国深泉学院，成为媒体的头条新闻。

在美国，还有比哈佛更难考的学校？来自美国权威的《普林斯顿评论》的数据显示，有一所默默无名的学院在招考新生时更加苛刻，正是少有人知的美国深泉学院。

这所大学十分神秘，几乎与世隔绝，自创办至今已近百年，一直特立独行。

它坐落于美国加利福尼亚州东边沙漠深处，被称为世界优秀学生的“乌托邦”，目前全校师生加起来还不足40人，学制只有两年，每年的招收计划不超过15名学生，且是名副其实的男校，所有女生禁止入内，牛仔式的校园生活是它的最大特色。学院创办者是一个名叫卢西恩·卢修斯·纳恩的美国电力大亨，于1917年初建时，就定下了影响至今的六字校训：“劳动、学术、自治。”

第一是劳动，整座学院位于山谷中，如同世外桃源，自给自足，一切运作都要靠所有学生和老师的劳动获得。第二是学术，援引学院网站上的解释："在这里，过量的工作是一种特权，我们不会轻易地发放。"学术声誉也毫不逊色，平均每年都有学生获得美国国家级学术奖。第三是自治，即学生对学校的高度自治，包括老师聘用与招生都由学生们负责，而每年都会讨论要不要招女生，结果到目前为止，都还没有最终确定下来。

对于南京的万欣而言，这将是生命的奇妙之旅。

2011年1月，为参加现场面试，南京考生万欣由上海起程，12小时后飞抵美国，再向深山和大漠深处继续进发，从洛杉矶向北驱车5小时，转乘3小时大巴抵达大山脚下，最后坐上学院专车，翻越海拔2000多米的高山，到达茫茫沙漠深处的深泉学院。这里距离最近的小城镇也有30多公里。一路耗费36个小时，兴奋的万欣没有合过眼。

面试时，一张偌大的长方桌摆在一间更大的教室里，15名"面试官"围坐在桌子的三面，其中3名是老师，其余都是在校生——能否被学院录取，在校生更具有发言权。

面试并不太难，答辩如同儿戏般轻松愉快，加之万欣英文不错，让"考官们"都很满意。

接下来，四天的体验生活开始。内容就是生活，种地、喂牛、做饭……除了盖房子，什么都得体验一番。这正是该所学院的特别之处，因为有可能在某个冬天的凌晨4点，校长会不期然地敲响学生宿舍的门，大声宣布："牛奶场被淹了，快去帮忙！"

学院极少招收国际生，一旦被录取，可拥有全额助学金，省下每年大约5万美元的学费和生活费，其代价是每个星期必须要干完20个小时的苦力劳动。不经允许，学生绝不得离开校园，严禁接触酒精，不提倡看电视，电话和互联网经常由于恶劣天气而中断，报纸则通过邮局寄过来，通常都要晚两天才能看到。

据说在 2006 年，只有一位来自苏州的中国男生体验过这世界上独一无二的教育。

万欣接到被录取的消息，自然欣喜若狂，他将在一个上千公顷的大学校园里，与世隔绝地耕种和放牧两年。

学院创始人纳恩曾说："沙漠有着深邃的性格。它有一个声音，需要仔细倾听。先生们，为了什么，你们才来到这旷野？不是为了传统的学术训练，亦不是为了田园牧歌的生活；不是为了在商业中成功，或是在职业的道路上追求个人的利益。你们来，是为了准备好用你们的生命去服务，心中了然，过人的能力和高贵的信念是对你们的期望。"

就是这所学院，成为美国高等教育实验的成功典范。近 80%毕业生离开它后，直接转学到哈佛、耶鲁、哥伦比亚和牛津大学等名校读大三，超过半数学生最终取得博士学位。在职业道路上，这里的学生很少选择为赚钱而赚钱，超过 40%学生成为律师、医生或是教授。

从荒漠深处走出的学生们，牢记着校旨：真正的伟人，能在浮躁和喧嚣的物质世界，静心倾听"荒漠的声音"。

无畏的“战地玫瑰”

1986年，她出生在江苏省太湖之滨的无锡市。在父亲眼中，她小时候体质羸弱，但极其坚强勇敢，天生有一个泼辣性格，胆子特别大，颇像个男孩子，从没看见她掉过眼泪，小学五年级时曾做过一次至今都让家人感觉后怕的壮举。

那是个星期天，小小年纪的她约好两名女同学一起去练跆拳道，回来时走在路上，突然被路边蹿出的两名30多岁的女子拦住了去路。一名女子望风，另一名女子佯装问路，诱骗和威胁她们把身上的零花钱都交出来。两名女同学见此情景，一时被吓蒙了，只好把钱交了出去。这时，只见她面不改色心不跳，慢慢将书包从肩膀上退下，趁要钱女子心神恍惚之时，猛地用书包砸向女子头部，大喊一声：“快跑！”书包上的钢片把那名女子砸得鲜血直流。两名女同学也在她的指挥下得以逃脱。

她是父亲生命和心目中的最大骄傲，自小到大，学习成绩都很优秀。上小学时，父亲在防疫站上班，工作忙起来，没时间照顾她了，她就一个人步行上下学。她外柔内刚，独立能力极强，非常喜欢冒险。上高中时，有一年情人节，她在花卉市场批发来玫瑰花，勇敢站在街边推销，一个晚上净赚近两百元钱。

高三,她没有参加高考,就已提前被北京语言大学阿拉伯语专业录取。原来,在上半学期,父亲抱着试一试的心态,带她前去南京市参加北京语言大学的提前考试,原本是理科生的她,英语成绩十分突出,考试科目正中下怀,最终提前圆了大学梦。

还有一次冒险经历充满传奇色彩。那时她上大学三年级,"五一"长假怀揣600元钱,单独一个人去内蒙古大草原进行了一次生存体验。一天中午,父亲突然接到电话,她告诉父亲成功抵达内蒙古,大草原风光是多么多么美好。其实,父亲后来才知道,那时的她在大草原已迷路多时,又累又饿,随身携带的唯一水壶里的水只剩下一点点。就要快支撑不住时,突然有一家小旅馆映入眼帘,她直奔过去,凭借出色的沟通能力和当地人交朋友。更为完美的结局是,她乘坐当地镇长的小车,风风光光游览了内蒙古大草原的风景。

2009年7月,她以优异成绩毕业于阿拉伯语专业,即被当时半岛电视台驻北京办事处看中,以月薪一万元邀请她前来加盟,她最终说着一口流利的阿拉伯语闯进中央电视台,选择更富挑战性的阿拉伯频道工作,成为一名访谈节目主持人,其间采访过苏丹外交部部长及驻中国大使馆大使等名人,在央视庆祝中华人民共和国成立六十周年庆典现场,担当起阿拉伯语女主播。月薪虽勉强在北京生活,但她觉得没有成就感。

2011年7月初的一天,本应准备去新疆采访的她,听说栏目组急需一名女记者前往利比亚。得到消息,爱冒险的她兴奋异常,主动请缨。申请很快被批准,一向孝顺的她害怕父母担心,瞒着所有人仅给父亲发去一条短信,声称要去新疆出差,暂时不能联系。几天后,远在无锡的亲戚从电视新闻中看到她去了利比亚,当了一名战地记者。

父亲听说后怎么也不敢相信，待在家里如坐针毡，为她的生命安危揪心，寝食难安。第二天，她给父亲打电话，在父亲一再“威胁”之下，她才吐露实情，并要求父亲不要告诉身在北京的妈妈。

利比亚局势战事连连，日趋白热化。2011年8月24日，一个意外消息打破了所有人宁静的生活，在利比亚政府军阵营内报道的三十多名外国记者，包括五名中国记者，她是其中之一，头戴钢盔，身穿防弹衣，被困的酒店内断水断电已长达6天，人身处境十分危险。这天晚上，经过多方努力，他们才得以被营救释放。随后，央视国际新闻中心负责人致电她的父亲，对她的战地报道给予高度好评。

她就是现年25岁的无锡女孩冯韵娴，也是此次派往利比亚的五名战地记者中最年轻的一位，被媒体喻为优雅从容的美女记者和执着勇敢的“战地玫瑰”。

于是，我们不禁满怀敬意和顿悟的是：山，不是障；水，不是障；威胁，不是障；人生，不是障；迷路，不是障；战火，也不是障……还有什么能阻挡我们跋山涉水，征服巅峰的挑战呢？生命之所以强大，人生之所以崇高，正是我们拥有不畏山高水深、追求成就梦想的勇气。因为，只有抵达悬崖之巅，深入奋斗前沿，才能领悟到世界上什么是最清的风，什么是最透的景。

发明家是这样炼成的

小时候，他就喜欢发明创造。1 岁半时，牙牙学语的他抱着个奶瓶喝奶，突然喊道：“妈妈快来，我腿后跟痒，给我挠一挠。”他妈感到疑惑：“你腿后跟在哪儿呢？”哦，原来他说的腿后跟就是膝后弯儿。有一次，他爸指着黑白相间正在吃草的奶牛告诉他：“这就是奶牛。”这时，一只狗从奶牛群后跑出来，他像发现新大陆一样惊呼：“爸爸快看，奶狗也跑出来了。”

转眼到了入学阶段，他却是学校出了名的差学生，上课不注意听讲，下课放学也不做作业，一有空闲就捣鼓玩具之类的东西，而学习成绩总是倒数第一，直到小学三年级之前，“全校倒数第一”的位置非他莫属，从未动摇。

这年，父母为儿子前途着想，不指望他考大学，能有一技之长谋生就行，抱着这想法把他送到青年宫，为他报名学习电子琴和国际象棋，他却吵着要上什么手工制作班。经过一段时间磨炼，国际象棋没学好，手工制作成了他的最爱，日见成效，连家里也成了他的手工制作加工厂。这年暑假，他的第一个发明就是利用废旧物品制成的风力船，与其说是发明，不如说给自己做了个玩具，因此激发了他的学习动力，意识到书本和课堂的重要性。小学毕业时,他的学习状况总算有了起色和进步,而“发明”依然是他的专长,乐此不疲。

进入初中,他的“发明”也越来越向更高级迈进,发明创造进入高峰期,什么电光笔、写不满字的黑板、水解装置,等等,不再捣鼓随便玩的玩具,而将发明创造转化为专利产品。初二时,他在一次发明比赛中获了奖,第一次被媒体报道。由于他携着自己的发明和产品不断在各类科技赛事中崭露头角,屡屡获奖,引起电视台等媒体的广泛关注。初中毕业时,16岁的他已拥有6项国家发明专利,17项实用新型专利。作为特长生,他被一所著名的附属中学降低39分特招入学,给他配备多个辅导老师并自己单独拥有制作室,别的同学背着书包去上学,而他背着工具箱在校园里穿梭。

高中一年级,他发明的“防脱防触安全插座”被一家公司买下投入生产,他也被吸纳为公司员工,每月可从公司领取1000元工资。另有两项发明“电子琴鞋”和“虹吸管”被美国一家投资公司看中并购买,其中“节电型防触防脱防热安全插座”作为节能产品代表,在2010年上海世博会上成为省展览馆专用插座和馈赠纪念品。为此,中央电视台为他拍了专题片,他成为现代教育界反思典型人物引起教育界人士对中国教育的质疑。他被称为“为数不多、少年成才、小有名气的发明家”。

2008年高考烤焦了他的梦,他高考成绩“山高水深”,只有472分,离当年高考录取分数线整整相差100分,如此成绩,上大学没什么指望了。正当父母为其前途而焦虑不安时,一个天大喜讯从天而降,南京航空航天大学直降100分破格录取了他,成为轰动一时的新闻。

入学时,其他同学都背着行囊和电脑,而他这个1.80米的英俊少年,却拖着几个木箱子入学,打开木箱,装的是《金属工艺学实习教材》

《模拟电路入门》《车工》《模拟与数学》等书籍，没有一样正经的。送他的父亲临回老家之前问他："你还缺少什么？"他竟狮子大开口："爸，再给我装备一台车床。"已是南航机电学院飞行器制造工程专业新生的他，得到了南航给予的特别照顾：不仅享受研究生待遇，还为他配备专门导师和实验室，大学生活再次为他插上发明创造的有力翅膀。截至2009年，他获得的专利或正在申报专利的发明已经增加到了三十多项，并获得政府扶持拨款达数十万元。2010年11月，在第四届中国专利周成果展示交易会上，他研制的通过对洗澡、洗菜等家庭废水自动收集存储和处理、实现废水再利用的"自压冲洗装置"，现场签下投资金额高达260万元的合作协议。

2011年，他正在进行设计和完善的是一项名为"液晶遮光板"的发明，以期弥补汽车挡风玻璃遮光贴膜透光性不好的缺陷，目前正在公示期内并有望获得国家发明专利，并且已有企业家表示全部包揽他发明专利的产品转化。

他就是1990年8月出生于太原市一个普通家庭的"小发明家"牛培行。如今，20岁出头的牛培行较3年前刚入大学时更加开朗健谈了，他非常清晰地规划自己的未来——考研深造或自主创业。他说："作为一名在校大学生，我早已不再厌学，首先要学好大学课程，只有这样我才会在更高知识平台上继续自己的发明创造，毕业后才能在发明基础上自主创业。"

有一次，牛培行去电视台做节目，一个心理专家听了他的成长故事分析后认为，主要是缘于他的思维方式和大多数孩子有所不同，面对问题时能够"有一想到二，有三想到四"，正是这种思维能力，造就了他的灿烂青春。

破解人生最近的难题

有一位美国小伙儿，名叫埃文·普里斯特利，在读书时是个出了名的差生，他似乎从未完成过学业，当然也不可能拿到任何文凭。如果把他的学业经历写成简历，投给任何一家公司，敢说没有一家公司诚心诚意聘用他。

六年前，普里斯特利已经20岁时，连高中还没有毕业，原因是他在最后几个星期再也忍受不下去了，选择了退学。之后，他虽然进入大学学习，但不久就对老师的教学课程感到枯燥乏味，并以同样理由更换三种专业，都没能拿到学位，弃学回家。

美国最大的社交网站“脸谱”公司才创立两年时间，包括创始人马克，全公司拥有工程师不足二十人，急需招募更多的编程和技术方面的高手加盟。

这时，普里斯特利只是一名普通的编程师，整日待在家里。

有一天，无所事事的他在随意浏览“脸谱”网站时，突然看到一道奇怪的题目，打开一看才明白，原来是一道“脸谱”公司的招聘题，虽然深奥难解，却趣味十足，随即被深深吸引住了。

普里斯特利虽然在学业上半途而废，但对破解疑难问题的编程技术有着超强的偏爱，当他看到“脸谱”公司开出的招聘题目时，还是忍不住感到兴奋。于是，他沉下一颗心，把破解这道难题作为争取获得“脸谱”公司面试的机会，他只花了四十五分钟就编写好了破解程序。

不久，距离普里斯特利四千公里之外的“脸谱”总部收到了他破解考题的电子邮件，负责招聘的首席技术官山姆森看到他的答案后非常吃惊，找来布置这道题目的工程师：“有现成的答案吗？我想知道你的破解方案是什么。”然而，连出题的工程师自己都不知道答案，何来有破解的方案？

直觉告诉首席技术官山姆森，普里斯特利一定是个编程的高手，是一个破解技术的奇才。普里斯特利非但给出答案，同时也指出这道题尚有诸多不够合理的地方。“脸谱”总部立刻邀请普里斯特利前来应试。

随后几年，普里斯特利以其在公司里的优异成绩和天才表现，证明了自己的卓越和价值。

自“脸谱”公司用难题做“鱼饵”钓到普里斯特利这条“大鱼”之后，收到的应聘申请中更不乏名校毕业、博士学位等“豪华”简历，但其招聘工程师的首选方式并不是看简历，而是比猜题。

因为“脸谱”至今坚持认为，偶然会有一些聪明人找不到通往硅谷的大门，我们需要做的就是想出一种办法找到他们。这个办法就是，例如把一道编程题设计成为一群人喝醉了，打字打得乱七八糟，意思难辨，要求答题者识别这些醉酒者的身份等，让答题者感觉像在做智力游戏，把破解难题视为把握机遇的另一条途径。

截至目前，“脸谱”公司在技术部门的工程师中，20%的员工都是通过肯花几个小时去思考谜题、破解难题的方式而招聘进来的，且总能在这种特殊的招聘方式中发现和找到各路才俊豪杰。"脸谱"同样坚信，一个能把难题视为机遇的人，无论面对人生还是工作，一定是真心喜欢付出某种职业或事业所渴求的一切激情和能力，最大限度为实现人生的价值而施展自己卓越智慧的人。

人之一生，何尝不是将难题视为机遇的过程呢？人生中每一个难题都是一次新的开始，即便是在一无所有时，只要首先破解那个离你最近的人生难题，就有可能赢得最易迈向成功之路的机会和境遇。

你的“原始股”是哪只

十年前，他初到美国，是个名不见经传的涂鸦画家。

为生计，他随即进入工作状态，在洛杉矶市偶尔为人创作喷漆壁画度日，所得报酬虽然不多，尚可维持生活。然而在最初创业阶段，他并非总是幸运，日子过得捉襟见肘。除去日常开支，他把节余的钱全部用来购买绘画工具和涂料。每天天一亮就出门，一边写生和创作，一边找活干，直到终于落下了脚跟。

七年前的一天，他接到一个“大活”后，前往位于加州的一家公司总部接受创作任务。公司总裁亲自接待了他，并委托他为总部办公室的墙壁创作一些喷漆壁画。

然而，他辛辛苦苦把公司总部每一个办公室的墙壁上都画满了喷漆壁画，就在交工收钱时，公司总裁感到非常满意，却突然变卦地给了他两种获得工钱的方法——要么，他直接可以收取几千美元的现金；要么，他也可以用这些工钱购买这家公司价值相等的原始股票。

他一听这话，内心即刻感到既沮丧又茫然。一个刚成立不到一年的小公司前途未知，有何好前景？若是支付不起工钱可以明说，竟向一个尚不知深浅的外国人开涮？他思忖片刻，这家公司既然穷到这份儿上了，又是在美国本土与美国人打交道，只好用自己应得的工钱买下了这家公司数千美元的原始股。

不久之后，他再次陷入穷困潦倒的境地，成了一名无家可归者，但他仍然没有放弃艺术创作。身在异国他乡，经历漫长忍耐和寂寞，他完全把用工钱买股票的事抛在脑后。

时光荏苒。他不断创作和打拼之后，逐渐形成气候，打入上流市场，不仅曾受雇于美国白宫为总统奥巴马创作海报画，而且也为不少美国流行音乐人的畅销唱片设计封面等。

七年后的2012年2月1日，他在第一时间听说，美国最大社交网站“脸谱”公司即将申请上市，其市场价值有望达到一千亿美元，以此计算，势必造就一大批千万甚至亿万富豪，成为继谷歌之后最牛的造富机器，而持有“脸谱”原始股的人士皆能以公司“顾问”员工身份而时来运转，一跃成为千万或亿万富翁。

他这才想起，原来在七年前的2005年，“脸谱”网站刚刚创立不久，正是他用工钱买下了时任公司总裁肖恩·帕克推销给他的“脸谱”原始股，他也因此一夜暴富成了一名亿万富翁，被称为世界上“酬金最高”的在世艺术家。

他的传奇故事随即传遍天下。有人说他很精明，也有人说他很幸运，更是奇迹。但其实，比财富更优先重要的正是他在涂鸦艺术上的原始股。因为，对于他来说，七年来经历的艰辛和困苦丝毫让人看不出他的精明、幸运或奇迹之处，恰恰相反，时常伴随他的却是艰辛和执着、梦想和期待。

他就是韩裔美国画家崔大卫，从一个外国流浪汉已然成为一名非常成功的美国涂鸦艺术家。这些原始股虽在当年只值几千美元，但是现在随着“脸谱”上市，他持有的原始股也将价值两亿美元。

而在没有成名、成就和成功之前，他人生中唯一的原始股就是涂鸦艺术。倘若没有涂鸦艺术作为他人生的一只“股”，他不可能拥有现在这么巨大的财富。

所以，在这个世界上，你的人生有没有原始股，拥有多少股，拥有怎样的股，才是决定你命运走向的潜在力量和成功关键。

决定自己的方向

他的名字叫杜威·波奇拉，是一位美国人，自从 8 岁丧母后，命运坎坷。18 岁那一年，他被人指控杀死了一位老妇，6 年后才被判入狱。其实，他是被冤枉的，尽管极力否认，也缺乏物证，但法官仍然判处他终身监禁。

即使在监狱里，波奇拉非但从未认罪，也并不消沉，因为他才 24 岁，正当年轻，又深怀梦想。由于他自小喜欢拳击运动，之前只有在健身房里长期练习，入狱后，他在众多囚犯中已显示出身手不凡，每次监狱拳击比赛，他都能够拿到冠军，从未放弃有朝一日出狱后，能登上国家级拳台与职业拳手一决高下的梦想。蒙冤 26 年后，直到真凶浮出水面，他才重获自由，被无罪释放。

这时，波拉奇已 50 岁了。在过去 26 年的监狱生活中，他还自修了两门大学专业课程。很快，他的狱后愿望得到了号称美国拳坛“金童”的奥斯卡·德拉霍亚的支持。两年后，波奇拉 52 岁时，一场拳击赛在他和比自己小了整整 22 岁的前拳王霍普金斯之间展开较量，不仅引起全国各界的关注，美国总统奥巴马还在赛前打电话给他加油鼓劲。波奇拉最终战胜对手,取得出狱后第一场比赛的胜利,全场观众一起站立为他鼓掌,表示祝贺。

赛后,52岁的波奇拉在接受记者采访时说:“拳击是年轻人的运动,我只是做了自己想做的事,实现了自己的梦想,真心感谢为此付出的每一个人。”许多人认为,波奇拉虽然在监狱里待了26年,但他没有放弃自己的爱好和梦想坚持拳击,令人难以置信,值得他人尊重,非常了不起。

波奇拉最后表示:“你决定不了命运的不测风云,但不要让恐惧占据了你的内心,因为你从哪里来,并不能决定你将走向哪里……生活与生命的本真才是你最需要和坚持的方向。”

是的,人有旦夕祸福,天有不测风云……但这一切之于生命本真和人生旅途,并不是最紧要和可怕的。因为你决定不了世界无常,如同你决定不了风的方向一样。

旦夕祸福常相伴,忠实与坚持自己的愿望和梦想,你就是你心中最了不起的英雄,一定能找到最终的快乐和欣喜;不测风云难预料,只需一颗强大内心足以战胜暂时恐惧,突出厄运包围,重建和寻找精神的家园和人生的真谛。

因此,你决定不了风的方向,风的方向也决定不了你,但你可以决定你自己,正是你可以决定自己重新起航的时候了。

让我们轰然向前吧

迈克尔·巴弗是美国拳击比赛的一位主持人，他那拖着超级长的男中音给人留下深刻印象。2011 年 12 月 8 日，他不曾挥出过一记重拳，也没有培养过一名拳击手，却成功进入美国的拳击名人堂。

他有一句非常著名的主持台词，几乎是他标志性的"口头禅"。"Let's get ready to rumble（让我们轰然向前吧）！"就是这句能使观众情绪很快High起来的解说词，不但成了他的独特用语，还被他注册成商标，创造财源和商机。

20 世纪 80 年代初，他的最早职业是模特，名不见经传。有一天晚上，他和妻子正在家里观看一场拳击赛的电视转播，妻子无意中说："亲爱的，你也能登台做拳击赛的主持人。"他由此燃起心中激情。

1984 年，他创造性地发明了一句新的解说词，当他身穿黑色的无尾礼服，以拳台为圆心，庞大气场不断向外扩展，介绍完拳手、教练等一系列人员，他头脑发热膨胀到极点，突然拖着超级长的男中音："Let's get ready to rumble（让我们轰然向前吧）！"声音洪亮欢腾，隆隆作响，让人热血沸腾。

人们还没有忘记在 1996 年底至 1997 年初，泰森和霍利菲尔德之间展开的两场举世瞩目的“世纪大战”，他作为拳击赛的主持人，使得这句招牌式的主持词发布更广、名气更大。而这句“口头禅”式的台词，早已在1992年就被他注册成商标。

1999年，他第一次当嘉宾主持在印地举行的赛车大奖赛上出场，这句台词就变成了“让我们飞驰起来吧”。2000年，他的这句话被改成“让我们安全地向前吧”，真人录音被纽约出租车工会录用，以提醒司机师傅系好安全带。据报道称，当时司机受此广播影响，不系安全带比例明显下降。

因此，在过去的二十年里，他的声音及台词只要出现在某个电影、电视或者游戏中，他都能从中捞到一笔钱财，只要哪个机构使用了这句话，他的家人就会专职收钱，讨要商标使用费。迄今为止，他仅凭这句话，就已经赚到了四亿美元，成为用独特声音和语句缔造财富奇迹的神话。

在每个成功背后，都有着可复制或不可复制的传奇和魅力。最重要的就看你如何继承和发扬前辈的人生智慧和成功经验，因为巴弗也是在承接前辈的智慧精华和实践经验的基础上，开发出自己独特的主持风格和气场影响力的。

巴弗认为，在拳台主持方面，严格按照传统格式化操作，会把观众的热情和拳击手的激情冷却，于是他想到拳王阿里说过的一句话：“像蝴蝶般飞舞，如蜜蜂般蜇叮，向前吧，年轻人，向前吧！”并结合赛车场上的煽动性口号“先生们，把引擎发动起来吧”等，才最终诞生了这一句“让我们轰然向前吧！”的主持词，作为他的招牌口语。

很显然，巴弗的聪明才智更朝前多走了一步，他把台词注册成商标后，以拳击运动的强大效应作为助力推动器，抢先占据商机，推向市场，开挖财源，坐收财富……这正是他仅凭一句台词，便已卖了四亿美元的奥秘。

只是看起来不靠谱

他，学业只读到初中二年级，与其在家里吃苦，不如在更大的地方吃苦，十年前来到北京流浪和打工。从捡破烂、焊工做起。那时，他居住的地方以及周围朋友大多是“北漂”一族，有的是搞音乐的，有的是搞美术的，原来都是“艺术家”呀。他很要面子，就谎称自己是“画画”的，自尊心得到很大满足。

不久，一位酒吧老板找到他：“我的酒吧要搞装修，能不能挂上几幅你画的画？”他一听傻眼了，心想我在老家时，初中二年级都没有读完，也从未学习过画画，一个穷小子连画画的材料都买不起，画什么画？但好面子的他竟然爽快答应了。

一个月后，没有碰过画笔的他却奇迹般办起了画展。这是怎么回事？原来，他在搞装修之余，骑自行车捡破烂时捡回许多建筑胶、三合板、油漆和颜料等，然后经他的手涂抹拼凑后，居然一个月创作出 70 多幅“假油画”挂在酒吧里展览，取名叫“锈”，来酒吧喝酒的人称他为“破烂艺术家”，纷纷将他的画拿回家收藏。

他热衷手工制作，开有自己的工作室，经营商业设计，赢得“丝网印刷专家”的名头，成为商人。

一个这么“不靠谱”的人是如何做出一件件非常靠谱的事，又一次次大获成功的呢？正当许多人感到疑惑不解时，他毅然卖掉工作室。可又任谁也没有想到，他一个连基本乐谱都不认识以及一个唱歌总是跑调的人，竟完全意外地脱胎换骨玩起了音乐，成了民谣歌手。

他想，我不是唱歌跑调吗？那我就找一个唱歌比我还跑调的人加入。于是，他找来8岁的侄女成立“大乔小乔”演唱组合，紧接着又是搞音乐会，又是出唱片，玩得不亦乐乎。他们第一次在北京某酒吧里开了场音乐会，由于人满为患，被请来做演出嘉宾的三位好友却被堵在了门外，怎么也进不去。许多人纳闷至极：“他们唱歌这么难听，却为什么还这么受欢迎？”依然挡不住大获全胜，名声大噪。

不久，他们第一张专辑《消失的光年》发行，也是全家人齐上阵，自行设计包装，和母亲连夜用缝纫机做封套。在朋友帮助下，六天完成录唱，三十天完成唱片制作，限量发行2000张，总计成本不到一万元。

他也是诗人、杂志主编、创意师、展览策划人、文化传媒公司执行总裁等，得到与大导演张艺谋合作的机会……他“北漂”的第十个年头，曾经自嘲不敢和女孩抬眼对话的他，在十年之后和女友组建一个叫“道具保修”的乐队，并担当主唱。这一年，他还参与北京奥运会闭幕式视效节目创意监制工作，最终方案得到大导演张艺谋拍板定稿，在位于“鸟巢”内的“奥运建设历程展”上，一个极“草根”的创意成功登上了大雅之堂。

不久之后，他的“微薄之盐”团队成立，这虽是个非营利公益组织，但在他操作下，通过商业运作创办同名酒吧，既能盈利也能无偿帮助有梦想的音乐人，成为京城著名的民谣音乐圣地，亲自带领团队进行全国巡回商演，策划演出近200场。

2011年9月，他仅用17天就导演制作出他的首部绝活纪录片《淘旧货》，面世后即引发低成本装修热潮。一年里，多家数字科技公司和公益创新奖活动纷纷邀请他担任艺术总监和策划顾问，在多所大学校园风采大赛和校园歌手总决赛中担当评委，在全国几十所高等院校发表个人演讲，成为现实中的励志牛人。

2011年11月7日，他的新书《好的生活没那么贵》获得出版，豪迈上市，并很快成为励志类的畅销书籍。在接下来的日子，他又马不停蹄地在全国24所大学举行巡讲和签名售书活动。

见过不靠谱的，没见过这么不靠谱的。他颇具"混搭"意味的人生仍远不只是这些，他的本名叫乔守民，一个只读到初中二年级的打工仔和流浪汉；到达北京成为设计师后，他更换了名字，叫"乔小刀"，被人誉为"破烂艺术家"，又被冠以"丝网印刷专家"的名头；之后，组建乐队担任主唱，发行唱片，他再次更名叫"乔西"，是一个民谣歌手。但他无论叫什么名字，在现实生活中担当何种角色，他每做一件看似非常不靠谱的事情，却都能做得非常靠谱，风生水起。

现如今，更多的人都叫他"乔小刀"，是所著《好的生活没那么贵》一书的作者。书中，他依然把"不靠谱"的事做到极致，教会你如何用一万元出版一张唱片、用五千元装修200平方米的房子、用三千元拍一部纪录片、用五百元举办一次画展……宣称好的生活其实没那么贵，就是说做就做，亲自动手实现那个离你最近的可行梦想。

这就是一个"草根"青年的快意人生，极具"混搭"，越是不靠谱，越是最靠谱。他不仅在北京买了车，还拥有一套300多平方米的大房子……一跃成为京城里的"车房一族"。

从他的人生历练和职业生涯中，我们不难发觉和感悟。不靠谱，只是看起来不靠谱。原来不靠谱的是命运，或许最靠谱的是梦想。无论你的人生怎样度过，所谓“混搭”就是充分发掘和利用生命中的不同资源，由不同而丰富，并亲力亲为进行重新整合掘进，只要从中每打开一条思路或一个方向，就要不遗余力地力臻完美，追求卓越，抵达极致，直至实现那个梦想，那么你的人生一定会分外绚丽斑斓、丰厚富饶。

· 快闪，鲜花来了

史蒂文·惠恩是澳大利亚人，职业是园艺师。最近一年，他在悉尼街头也做了微型鲜花装置的快闪行动，传上社交网络后开始风靡起来。

一年前，史蒂文·惠恩在网上查阅一份资料，一条新闻吸引了他，一个名叫比尔的美国人，在纽约广场召集400余人，朝拜一条机械恐龙，5分钟后众人突然迅速离去，并把这次快闪行动制作成快闪影片，很快在网络上传播开来，同时比尔以快闪行动在公益、商业等领域发挥不少正面作用，赢得很多人关注。

看完新闻后，史蒂文·惠恩陷入沉思。作为园艺师，他有足够手艺和资源拓展另一番事业，投身到鲜花快闪中一发而不可收拾。此后的一天早晨，他邀请几个同事悄悄地行动起来，把准备好的鲜花用特制的包装纸扎好，又把自己的名字“Steven Wheen”印在包装纸上，放在城市街头的马路边上。

史蒂文·惠恩和同事迅速躲在远处，是要看接下来能发生什么状况。过了一会儿，但见几个行人路过鲜花旁边，盯着一堆鲜花欣赏起来。行人越聚越多，有人开始从中抽取一枝鲜花，默默地走开，最后他的整件作品全被路人拿光了，只剩下一些残损的花瓣和扭曲的枝条。

史蒂文·惠恩宣布第一次鲜花快闪行动大功告成，并将这次行动的视频传上网络，有人在视频后留言说：“史蒂文的鲜花快闪给悉尼这座城市和市民，共同完成了一起快闪行动，折射出行人见此情景的情绪反应，无疑是给了鲜花第二次生命。”

史蒂文·惠恩后来鲜花快闪行动的规模越做越大。有一次，在一个阴雨天，史蒂文·惠恩和他的团队冒雨赶工，于天亮前完成了一件大型鲜花装置，在第五大道和悉尼大街交会处，用亮丽的吊钟花等花材，创意制作成色彩丰富又亮丽的花艺作品，一经推出便点亮了整个街道空间，得到的市民反应更强烈。

史蒂文·惠恩总是跟他的同事有约在先，鲜花快闪要像当代佐罗一样，神出鬼没，行踪不定，恍如从天而降。他在接受记者采访中表示，不定期在澳大利亚各个大都市中做鲜花快闪，让更多本地人或游客看到这种美丽花景，带着笑容走过城市街巷。

现今，史蒂文·惠恩带着他的鲜花快闪行动，开始玩起了跨界合作。他们与炙手可热的英国墙纸企业共同发起一项企划项目，以鲜花快闪行动的方式，改造城市的平凡角落，一是提升自身的宣发力度；二是通过鲜花快闪亮化城市空间，使人们瞬间萌化，享受这种一见倾心的美好和惊艳。

小马扎，为生活而设计

赵英明夫妇都是“85后”，大学学的同是建筑学专业，只是毕业后，一个做了建筑师，一个做了杂志编辑。生活中，他们是狂热的木工爱好者，家里堆满各种家具书籍以及绘制的家具草图。“北漂”5年余，搬过4次家，他们唯有书籍和草图舍不得丢弃。

工作之余，赵英明出于对木头木作葆有天然喜爱和兴趣，经常跟木工同好切磋、设计和制作一些小物件，受此影响，也渐渐地从大型项目转移关注到日常生活。多年来，赵英明一直思索和研究建筑和空间、家具和人的生活关联。

2013年的一天，妻子和有着相同专业出身的赵英明相识，看到他保存着一沓沓家具草图，善解人意地说：“我们何不把它们一一实现呢？”他们说做就做，经过近一年积极筹备，终于拥有了一处约150平方米的木工坊，取名“时作”设计研究室。“时”则时间、时节、时代；“作”即指木作、耕作、匠作。

2015年，夫妻两个作为木作手艺人，工作之余，几乎没有周末和假期，致力于与木作相关的研究和设计，将设计图一一真实而完整地制作成成品。赵英明表示：“我们就是希望在时光的雕琢中，匠作好的家具，营造美的生活，寻找人生的意义和价值，努力把生活过成自己想要的样子。”

在赵英明看来，他还是钟情而迷恋于传统的小马扎，因为这是他小时候经常看到人手一把小马扎，坐在乡下院落里乘凉，而印象中的传统马扎大都做工粗糙，缺乏细节。颇为有趣的是，看似普通的可折叠的传统马扎，赵英明始终秉持“为生活而设计”的理念，经他重新创意设计，加上靠背，改良而成便携式构造和样式。

2016年伊始，赵英明的“时作”品牌便携式“有背马扎”，从设计、制作、改进及试坐，历时一年，不断调整结构、尺度、工艺等细部环节，直至达到轻巧、舒适、结实、便于收纳和运输等产品级标准，颇具设计感，一经推出，便受到爱创意、爱生活人士的青睐。

赵英明这样描述他的小马扎，你可以把它装上车去你想去的地方，可以带着它去郊外，走累了就停下来坐坐。朋友来家里做客时有马扎可坐，不用时摆放在角落，再小的家也不显窘迫。最重要它是舒适的、结实的，足够承载你美好的生活。

以蟑螂生财的美国学子

美国少年凯尔·坎迪利安饲养蟑螂已有8年之久了。

凯尔·坎迪利安和父母住在密歇根州一座名为“迪尔伯恩”的小城市里。迪尔伯恩位于著名的破产城市底特律西郊。

12岁那年的一天，凯尔·坎迪利安听说在底特律默西大学，正举办一场科技节展览，便和几个同学相约前去参观。在科技展览馆，他一眼瞥见了一个养满蟑螂的大鱼缸，好奇之心油然而生，自此爱上了蟑螂，非常想带回家饲养。

凯尔·坎迪利安回到家中，向妈妈征求道：“妈妈，我可不可以在家里养蟑螂？”妈妈听到“蟑螂”，浑身的鸡皮疙瘩落了一地，义正词严地说：“凯尔，你绝对不可以把蟑螂带进咱们家里来。”在他的反复请求下，妈妈才勉强答应。妈妈后来知道，凯尔·坎迪利安第一次所看到的蟑螂，其实是一种“马达加斯加发声蟑螂”，是宠物界较为有名的蟑螂品种之一。

自从把第一只蟑螂带回家，凯尔·坎迪利安就把饲养蟑螂当作兴趣爱好。而后来随着蟑螂的数量日益增多，养蟑螂成了头等大事。

随着时间的推移，凯尔·坎迪利安预先准备的木箱子和纸盒子，已经装不下大量繁殖的蟑螂。

初中毕业时，凯尔·坎迪利安饲养的蟑螂已有10多万只，装在一个个蜂箱一样的纸盒子和木箱子里。最后再也装不下这些蟑螂时，他向父母提议："把我的卧室腾出来一部分，把纸盒子和木箱子改装在卧室的墙上，蟑螂们就可以在墙上安心睡大觉了。"

这时，父母对他的怪异行为已经见怪不怪，他们一方面对儿子保持足够宽容，一方面也时刻提醒他："凯尔，你的蟑螂实在太多了，你得想办法出手一部分。"

进入高中后，凯尔·坎迪利安开始思考如何处理他的这些蟑螂了。一有机会，他就把一部分蟑螂装进透明的大容器内，拿到底特律科技节上去展览。周末时，他便领着自己的同学或同学的同学到家中来参观。糟糕的是，很多人并不喜欢蟑螂，甚至听到"蟑螂"二字，就感到害怕或恶心，更别说向他人谈论蟑螂和推销蟑螂了。

高中二年级时，凯尔·坎迪利安为防止蟑螂到处走动，开始苦心设计防止蟑螂随处乱爬的小设备，但经过很多次实验都没有成功。最后，他发现用凡士林对付蟑螂相当有效，并当作课题进行研究，设计发明出一种能阻止蟑螂"越狱"的堵塞器。不久，他把这一设计成果带到底特律科技节上展示，还赢得了科技节特等奖。凯尔·坎迪利安在学校里也成为小名人。别人谈蟑螂色变，而他却能将蟑螂放在自己的身上，让蟑螂任意爬动，成了学校里饲养蟑螂方面的专家。在获得底特律科技节大奖后，他的有关"堵塞器"的发明成果也获得了学校多项奖学金。

凯尔·坎迪利安虽是美国密歇根大学迪尔伯恩分校的一名大二学生，攻读环境科学专业，但蟑螂在他眼中，既是宠物，也是"财虫"。饲养蟑螂不只是他的特殊爱好，也渐渐成了他的生财之道。

凯尔·坎迪利安所饲养的蟑螂超过了130个品种，总数达到20多万只。凯尔·坎迪利安在接受《底特律自由新闻报》记者采访时透露：“普通品种的蟑螂比较便宜，12只蟑螂仅售0.1美元。其中，有一种名为‘犀牛蟑螂’的稀有品种，可以存活10—15年，售价比较昂贵。一只犀牛蟑螂价值为150—200美元。”

凯尔·坎迪利安在完成大学课程的同时，经常抽出时间，带上他的蟑螂们参加各类爬行动物秀和昆虫展览，还创建了一家名为“蟑螂森林”的网站(Roachcrossing.com)，并在网上销售蟑螂。

“穷途末路”激发灵感

布莱恩·切斯基和乔·杰比亚是美国一所设计学院的校友，学的是工业设计。大学毕业后，仅在别人的公司里工作两年，二人便双双辞职，从洛杉矶搬到了旧金山，准备做一番属于自己的事业。直到这时，他们才意识到非常“缺钱”，连房租都付不起，只好合租房屋住下来。

到旧金山的第一个周末，正当他们“穷途末路”时，恰逢美国工业设计师协会在这座城市召开会议，布莱恩·切斯基自然格外关注，上网浏览相关信息。看到一则所有酒店几乎客满的消息，他突发奇想地和朋友乔·杰比亚聊了起来：“如果我们能给前来参加大会的设计师们提供床位住宿，并能提供一顿早餐就好了，这样，我们只需把设计师们安顿下来，就能赚到钱。”

乔·杰比亚也觉得主意不错。可他们连一件像样的家具也没有，也没有空置的床位。布莱恩·切斯基只想起一个切实可行的办法，在他的衣橱里倒是有3张充气床垫，但不能确定这就能触发商机。为了生计，他们只好这么做，连夜搭好网站，将出租充气床垫的信息发布到网上。结果，很快就有3人前来要求入住。一周后，当设计师大会结束时，他们不仅成功安顿了3位租客，还赚到了交房租的钱。

两个设计专业出身，毫无创业经验、原始资金和市场资源的"三无男"，和另外一个朋友内森·布莱卡斯亚克一起，经过半年的努力，创建了一个点对点式向旅游者提供房屋的在线租赁网站——空中食宿。

空中食宿的初衷非常简单，就是让租客能够找到地方住，而不是住进旅馆酒店里。其业务模式十分清晰：有空房子的人在网站上发布自家的空房信息，让那些不想找酒店住的租客上网找到合适的食宿，进行在线付费和实地入住交易。

就是这么个创意的理念在公司初创时，却遭遇所有投资人的反对。也确实是这样，人们大多不愿意让陌生人住进自己家里。对客人来讲是一样的，本来一个人出去就不安全，还住在别人家里，房东有歹意怎么办？但世界上总有那么几个喜欢吃螃蟹的家伙，当大家都觉得这个螃蟹不但没毒，还挺好吃的时候，这事就越来越好办了。

在满足房主和租客的基本需求后，空中食宿的生意越做越好，不仅有人发布常住房子的信息，更有人将别墅、村庄、城堡、树屋发布到网站上。随之，空中食宿的模式又被打上了寻找食宿、旅行度假等标签，在网站上可以直接进行寻找、付费和完成交易。

正是这一看起来不靠谱也不可能有好生意做的家庭式短租业务，却从最初的3张床垫和3个租客经历5年"蜕变"，成就了市值达数百亿美元的短期租赁的互联网企业。

空中食宿推出一项更加惊人的业务：租赁整个村庄，甚至是一个国家。租客如果肯花6.5万美元，就可以租到奥地利某个美丽的村庄住上一晚；如果肯出5万美元，就能够租到德国的某个酒庄，与当地居民共度一个良宵；甚至还可以租下整个国家，享受到仿佛就是为你一个人准备和服务的国度。

恰恰相反，如果把空中食宿看作“一个点子+创建网站”就能坐收财富，显然是错误的。联合创始人兼首席执行官布莱恩·切斯基在回顾早期创业时肯定地说：“的确看起来不靠谱，但我们毫无办法，因为那时的我们太缺钱！‘穷途末路’让我们的决心变得更加坚定。因为在你没有钱时，你就不会有什么‘五大战略’，你必须专注在一个战略上，创建客户真正想要的东西。”

的确，在我们生活中，穷途未必就是末路，正如上帝把一扇门关上了，自然也会为你打开另一扇窗，很多靠谱或不靠谱的灵感都是在“穷途末路”时被激发出来的。空中食宿公司从创业之初，就坚持着一切围绕租客至上，让“点子”长腿，不偏离理念，做价值延伸，专注团队体验。迄今，公司有半数员工环游过欧洲，每隔几个月，还会组织一次大型的集体旅行，这些已经构成了空中食宿的特色文化和成功因子。

· 这家公司人人是“黑马”

没有真正的CEO,没有部门经理,也没有普通员工。在德国柏林,这是一家由30个年轻人联合创立的公司,取名“黑马”。30个合伙人均不满30岁,同等担负着公司的经营事务和责任。

几年前,他们都还是大学生,在读选修课时走在了一起,共同创立了这家以咨询服务为主营业务的公司。伊万娜是黑马公司联合创始人之一。3年前,她在读大学期间,除了学习主要学科之外,还选修了一门叫作“设计思维”(Design Thinking)的课程。在上课学习过程中,她结识了其他29名同样选修这门课程的同学。

为期一年的课程还没有结束,30个同学就结下了友谊。虽然他们是来自不同专业学科背景的学生,但在日常生活中,吃喝玩乐都非常合得来。有一次,他们在讨论大学毕业之后的事情,分别说一说将来希望做什么工作,或者去哪儿旅游等。这30个年轻人都非常希望大学毕业后,也能够永远在一起相处、在一起工作。

就这样,30个年轻人想到了,就真的去做了。他们按照法律规定,从30个成员中挑出一个人作为CEO,注册成有实际资质的黑马公司。

但黑马公司的CEO只是作为法人代表，为满足法律条件必须这么做，并不意味着他在公司内有最高的职位和更多的权力。黑马没有老板，人人独立而平等，为各自的工作负责。

黑马公司创立之初，立刻引起业界人士的好奇心。不要和朋友开公司，似乎早已是创业界的金科玉律；一个公司的合伙人如果超过3个人，也是业界公认的致命硬伤。而这个公司团队竟然有多达30个合伙人，远远打破了戒律，患上了硬伤。试想公司在做某一项决议时，如何实现30个人达成一致意见？即便是少数服从多数，但毕竟存在有人弃权或反对的局面。

很快，黑马公司打破"瓶颈"，找到了突破口。黑马另一位合伙人发现了一个叫作"全民政治"（Sociocracy）的概念，拿到了公司会议桌上进行讨论，最后一致认为这种基于每个人都平等做决策的全民政治系统结构，非常适用于公司的决策和管理。

所谓"全民政治"的概念，就是在公司做方案决策时，让每个人都能够充分了解所有相关信息，再各自表达自己的看法和意见，以确保最终的决定不说"NO"，重要的不是每个人同意，而是没有人特别反对，并在"我不是特别喜欢这个主意，但我能接受"的情况下，才能做出最后决策。

然而，30个聪明的年轻人组成的精英团队，都有各自的专业背景，个个脑子里充满想法，非常自信，或用更高明的观点欲控制局面，怎么办？为此，他们还不断地创造一些"和谐道具"。比如，有人意识到冲突激烈，会突然以轻松的方式唱一支歌，用好玩的方式搞笑一把，等气氛缓和后再继续讨论话题。因为，每个人都会意识到宽容和妥协、理解与接受。

黑马公司自创立以来，一直由5个分支团队组成。产品团队负责业务，还有财务团队、法律团队、市场营销团队负责公司运营。当然，某人参与财务团队，同时也可以参加产品团队，都能互相交叉。

在过去3年多的时间里，黑马公司30个合伙人中，竟无一人消极怠工，人人是“黑马”，个个是精英，每个项目组只需要2—5个人，都是实干家。重要的是，30个合伙人有25个专业背景，无论对公司产品，还是对客户需求，都能从更多更广的角度发挥出理想的创意和最佳的服务。

几年来，就是这么一家带有理想和传奇色彩的公司，黑马不仅没有在竞争激烈的市场大潮中倒闭，反却能异军突起，30个人一直并肩作战，没有一个人离开，轻松创造了属于他们自己的事业王国，成为很多大型公司中一匹真正的“黑马”。

德国很多公司看重了他们的新鲜视角、运营模式、工作气氛、组织结构和企业文化，奥迪、大众、SAP、DHL、DB等很多著名的大型企业先后成了黑马的忠实客户。然而，黑马提供的服务并不便宜，每个项目都很成功，几乎每次项目结束后，客户方都会产生新的需求，并推荐给别的客户。

黑马公司引入“全民政治”经营管理模式的概念和理念后，把个人智慧和集体决策、发扬个体和总体平衡、持续变化和结构稳定联合在一起，已成功地向时代证明了这一新的工作模式，被业界称之为“黑马传奇”，并创造了“黑马文化”。

“自由公路”的盗梦旅程

他是资深的自游客，受喜剧电影《落魄大厨》启发，学会自制传统的古巴三明治，又把一辆旧房车改造成“三明治+咖啡+旅居车”移动餐厅，发起一项开着餐车边卖餐饮边赚取旅费的“盗梦旅程”计划，名字就叫“自由公路”，沿途总长约18000千米的奇特之旅。

杨湋童的家人在广东珠海市一处名叫“淇澳”的小岛上开了几间乡村民宿，过着种花、除草、晒太阳的田园生活。杨湋童来到淇澳岛帮家人打理民宿生意，还利用所学专业成了一名自由设计师，自主经营一间设计工作室。

杨湋童自小在车轮上长大，9岁时，爸爸妈妈带着他自驾旅行去了西藏，从此与车轮上的家结下不解之缘，迄今已有14年国内外自驾旅行经历。上大学期间，他喜欢设计改造，小到改造复古机车，大到改造百年老火车站，身边总是围绕着一群又一群热血沸腾的小伙伴。

杨湋童22岁时，偶然观看了一部美国电影《落魄大厨》。《落魄大厨》是一部励志轻喜剧，讲述的是主人公失去餐厅大厨工作后，转而经营一辆移动餐车，并从中找回了生活方向和人生乐趣。杨湋童激动地看完电影，深受启发，心想："我何不借鉴电影主人公的方式，在生活和旅行之间玩平衡术，开着餐车上路，边卖餐饮边旅行呢？"

杨菘童的初衷是想把旅居车改造成移动式厨房，带有制作和销售三明治两大功能，且能在出行过程中让更多热爱旅行生活的人参与进来，并通过"以游养游"方式实现可持续出行。

重要的是，杨菘童在生活中喜欢吃三明治，《落魄大厨》里面的主人公擅长做传统的古巴三明治，杨菘童感觉既好奇又跃跃欲试。他查遍网络，潜心研究，发现国内没有人专门制作传统古巴三明治的信息，更增强其独创性和新鲜感。经过几个月的反复研制，从选料、腌肉、调味到榨汁、切菜、刷酱、烤制，训练有素的环境艺术设计师摇身一变，成了电影中的"落魄大厨"。

见时机成熟，杨菘童盯上了父亲的房车。父亲自从经营乡村民宿后，家里的房车极少使用。一天，杨菘童主动捧出自制的古巴三明治给父亲试吃，试探地说："古巴三明治更像是热狗，经过本人独家研制，制作方法简单，很有异域风味，比较适合旅行，以游养游。"

父亲的一句话让杨菘童的心凉了半截。父亲说："味道果然好，但卖三明治的人多了去了。"杨菘童不甘心，继续软磨硬泡，直到半个月后，父亲才答应他的请求，并以分期付款的租用方式得到了房车使用权。

接着，为满足移动餐厅设计需求，杨菘童不惜投入资金30余万元，对房车内外进行装修改造。杨菘童在房车内部进行区域划分，把车内空间分成相对独立又互不干扰的驾乘区、休息区和操作区，除了增置床位、空调、电视、音响和卫生间，还购置了电磁炉、咖啡机、三明治机、微波炉、电冰箱等设备，重点是满足移动的旅行生活方式，包括配备折叠桌椅、遮阳伞、移动 Wi-Fi 等。

仅仅依靠三明治能否支撑一场长途旅行？2016年上半年的一天，移动房车餐厅改造完成后，杨菘童和朋友们一起将房车开上街头，做了一次测试。意想不到的是，他自行制作的古巴三明治大受青睐，刚售卖半个小时，餐车前已排起长队。有不少人看到车身上自由公路LOGO时感到很好奇，忍不住询问："帅哥，你这里是卖什么的呀？"杨菘童便一次次描述他的行动计划。

测试取得圆满成功后，杨菘童开始为此次旅行组建一支团队，设计行程路线图，同时又增加了现磨咖啡、自酿啤酒、特制饮品、特色烧烤、定制派对和结伴旅行等主营产品，沿途还可以兼营特色旅行纪念品、各地特产代购和原创产品发售。

把房车改造成移动餐厅，取名为自由公路，寓意是显而易见的。在杨菘童看来，出门旅行是很多人的梦想，但有条件实现这个梦想的人，毕竟只是少数。按照杨菘童及其团队构想，自由公路作为一项旅行生活方式，还可以邀请更多人参与进来一起玩，于是他们便筹划了名为"盗梦旅程"的体验式出行项目。

作为自由公路的首发模式，盗梦旅程全程约18000千米，将历时60天，沿途穿过广东、广西、贵州、重庆、四川、西藏、青海、甘肃、云南等9个省、市、自治区的50多个城市，预备制作销售3000个古巴三明治，并完全自给自足地走完全程。

杨菘童和他的团队在网上进行伙伴招募行动，不但邀请沿途参与者体验生活，更需要各自发挥专长，做更多有趣的事情。比如他们会把自由公路餐厅开到某一个地方，将传统的古巴三明治与当地风土人情相结合，开发出各种风味的新产品，以迎合各地不同的餐饮需求。在四川他们会在三明治上加入辣椒酱，在西藏会用三明治配甜茶，等等。

为配合盗梦旅程旅行生活方式，体现自由公路的意义和价值，杨菘童还增加了多项公益性质的项目和活动。他们以团队精神发挥创造力，通过摄影和纪录片的形式，记录和传播正能量，沿路慰问偏远山区的儿童，让孩子吃上人生中第一个三明治，给旅途中的人提供咖啡等特制饮品。

杨菘童的“移动咖啡吧+网络工作平台+旅居车”改造完成，自由公路盗梦旅程正式启动。完成盗梦旅程后，杨菘童更有长远规划：“待参与人数不断增多壮大，我们会总结经验，再次开始旅程，走完全国其他城市，穿越欧亚大陆，甚至用车轮丈量新丝绸之路，甚至在更远的将来，自由公路或将成为跨越国界的青年移动工作站。”

一起“画着玩儿”

北京女孩杨舒婷是个典型的“90后”，却是个从小爱玩又不惧冒险的理工女。大学是生物医学工程专业，后作为交换生前往美国留学，取得电子电器工程专业本科学历后，又转入哥伦比亚大学学习计算机工程专业，拿到了硕士学位。

自小到大，杨舒婷是个具有冒险基因的热血分子，冲浪、攀岩、打泰拳、滑雪，这些男孩子爱玩的酷运动，她竟毫不逊色，样样能拿出自己的真本领，还曾经17天徒步欧洲，一路“奇遇”也没能让她退缩。能拼，爱玩，更敢于折腾，硕士毕业后，她一直在寻找机会，能用冒险家的精神，做自己认为很酷又有趣的事儿。

在“画着玩儿”之前，杨舒婷曾分别在亚马逊总部和全球最大的营销软件“Marketo”公司就职，是一名软件工程师，人生经历中也几乎未接触过绘画艺术。

有一天晚上，杨舒婷在旧金山的一个酒吧里，第一次参加了这种被称为“Paint & Sip”的画画活动，就觉得特别有意思，也留下了深刻记忆。她在两三个小时的时间里，边和朋友聊着天，边品味着红酒，不知不觉中，没有任何绘画基础的她，在现场画师的亲自指导和带领下，居然画出了她平生第一幅油画作品。

杨舒婷回国探亲时，除了跟亲朋好友聚在一起吃饭、K歌、逛街、看电影，再没别的什么可选择的生活状态和休闲方式。她一时兴起，凭着爱玩和拼劲，写出了一份商业企划书，项目内容就是给她留下深刻记忆的画画活动。

杨舒婷又一向敢于折腾，或希望自己的想法能得到更多人认同，能否经得起市场检验。回国期间，她又揣着企划书，利用各种机会和聚会空间，找人聊，找人谈。出人意料的是，在极短时间内，一连约谈了20多位投资人，才终于成功地拿到了第一笔天使投资。

按照杨舒婷的"玩法"，"画着玩儿"作为活动的载体和平台，可以整合两个方面的资源，一是线下空闲场地；二是有绘画才能的画师。而画师，则是整合了高等院校油画系学生，或油画专业的毕业生，希望利用周末兼职，继续做自己与画画相关的事情，既能获得实惠收入，还能得到更多人的认同。

杨舒婷在前期走访和调研中发现，很多咖啡馆地理位置非常好，但就在周末时，生意却依然比平时少很多。她想到，"画着玩儿"则可以是一种趣生活形式，如果利用好咖啡馆生活闲淡时段和位置优势，将一些人从单一又单调的休闲及聚会方式中吸引过来，聚在一起，在优雅舒适的环境中，通过画画活动结识朋友，就能让渴望在周末时释放和缓解压力的白领等人群，得到放松释压。

这样，"画着玩儿"就绝非是一间小作坊式的画室了，而是成了能够提供娱乐和休闲的聚会平台，成为生活方式，让用户在"画着玩儿"的状态中获得成就感，在活动体验中结识朋友。

“画着玩儿”作为一家初创公司，也经历了几场艰难的拓展和运营。一开始，为奠定每一场活动标准，提升服务等级，他们首先以选取非常有格调的咖啡馆，或者颇具特色的主题餐厅，作为主办试运营活动的场地。

“画着玩儿”产品有了，然而最核心的是用户，这也难不住杨舒婷和她的团队成员。他们各自邀请朋友，再让朋友带上他们自己的朋友，一同来参加“画着玩儿”活动。为体现真诚和细心，检验服务质量和体验效果，获得用户体验第一手资料，杨舒婷每场活动必亲临现场、亲自组织。

经过几场试运营和拓展活动，“画着玩儿”很快赢得了市场认可，口碑相传。一些用户参加过活动之后，还推荐给了其他同事乃至公司。原来，很多用户没有任何绘画基础，在画师手把手指导和带领下，仅用了两到三个小时，竟一笔一画地画出了一幅精美油画。更重要的是，“画着玩儿”还带给更多有需求的用户全新绘画体验和生活状态。

“画着玩儿”在5个多月的时间里，仅在北京已成功举办400场活动，覆盖三里屯、国贸、五道口等各大主要商业圈，亦给百度、搜狐、网易、腾讯等这样的知名公司员工组织活动。在“画着玩儿”微信公众号上有数万“粉丝”的关注量，已拥有非常可观的优质用户群，超过90%的“粉丝”是白领女性。

杨舒婷敢于折腾的脚步并不止于此。她有更为高大上的情怀和追求。她认为，随着与生活方式相关的娱乐和消费升级，倡导慢灵魂、趣生活，为精准用户提供更加丰富的新兴休闲生活方式，是大势所趋，必然推陈出新。

“画着玩儿”为开启品牌战略，将产品从物资采购、活动流程、海报宣传单制作，到调查问卷、优惠券分发、签约画师，一概标准化。以一种颠覆传统休闲方式的姿态来做“画着玩儿”，聚焦于城市休闲的零绘画基础体验中心，让更多人亲近并体验艺术是最大情怀。

杨舒婷按照城市覆盖规划，一直马不停蹄地游走于一二线城市，吸引和招聘都市中的自营画室加盟。甚至由北方延伸到南方，深圳作为头站，与北京同时展开市场运作和运营，又进驻上海和广州等大都市，抢占这种非常垂直细分的市场。

杨舒婷创立这么一个接地气又有逼格的文艺平台，“画着玩儿”可以帮助众多女性客户，从繁忙的城市快影中解脱出来，有更多机会沉淀自己内心，更懂得轻松愉悦的趣生活方式，提升生活品质。让喜欢追逐崭新趣生活方式的新生代，在艺术氛围中得到熏陶，在生活体验中结识朋友，更在“玩儿”中找到成就感，也使“画着玩儿”赢得市场认可。

“画着玩儿”作为赢得市场用户的商业模式，已经攒下非常精准又有消费能力的“粉丝”和用户，基于此并在此基础之上，会逐渐向一个提供多品类休闲生活方式平台转型，拓展更多其他的趣生活品类，比如插花、品红酒、攀岩、滑雪等大娱乐、大消费。

杨舒婷还是没忘掉攀岩、滑雪之类的酷运动，还是揣着一颗冒险家的心，时刻在找机会，做自己认为很酷又有趣的事儿。

地表下的“美丽新世界”

作为影响力越来越大的户外运动，洞穴探险与攀岩、攀冰、速降及溪降一样，从登山运动逐渐发展而来，是深海潜水、漂流运动、登山运动和洞穴潜水之外的第5种风险性技术运动。

杨志在北京中关村工作时，对洞穴探险一无所知。他来自安徽，大学里学的是计算机，毕业后顺理成章地进入IT业。10年前他只身来到重庆。初到重庆的日子，杨志很自然地关注起这座新直辖市。一天，杨志在网上漫无目的地浏览网站，突然有一个以户外运动为主题的本地网站跃入眼帘，以为户外运动就是出去走一走、看一看，深入了解才知道户外运动项目何其多，一个比一个新鲜刺激。

杨志抱着试一试的心态，注册成为网站会员，与更多的人进行网上互动交流。那时，国内洞穴探险刚刚起步，虽然重庆的洞穴资源极为丰富，但最早进行洞穴探险的却是外国人。不久，他接到通知，邀请他参加户外运动的免费培训活动。

第一次培训课上，主讲是个美国人。培训教材的内容更是让杨志感到惊悚不安，第一次接触户外运动就是洞穴探险的项目。因为，众多洞穴潜藏于地下深处,常年被黑暗笼罩,深不可测,环境极其复杂。洞穴就像一部百科全书,包含地理、动物学、植物学、力学等诸多知识,洞穴探险是一门多学科的综合极限运动。

杨志对探洞非常着迷,每天研究国外的探洞网站,疯狂地研究探洞里用到的绳索技术,专心致志地玩探洞。经过3年的集训和实践,他花光了1万多元的积蓄,才逐步完善了探险器材和装备。杨志在志同道合的朋友支持下,创立重庆最早的洞穴探险队,相同的志趣让他们成为队友向一个个隐藏在地下的未知洞穴进发,在黑暗的世界里,开始一场接一场的地下穿行之旅。

由于洞穴探险极具危险,很多人觉得他们是疯子。有一次,杨志和队员们受邀探秘一个深约300米的洞穴“侯家大天坑”。他们从重庆出发,历时10多个钟头颠簸后,才抵达海拔1411米的大天坑旁。大雪纷飞,队友们冻得直哆嗦。杨志不由分说地先行下洞、布绳。

然而就在本次探洞任务完成后,灾难却向他们一步步逼近。这时,一名负责收绳的队友本以为可以圆满返回洞口,但在距离洞口100多米处,一块石头突然从岩壁上滑落下来,砸在队友的身上。

洞口处,几名队员分秒必争,合力把绳索往上拉,展开协助营救。奋战了几个小时,受伤队友才终于到达洞口,所有参与营救的队员都已累瘫在雪地上。送往医院检查,受伤队友断了四根肋骨。这一次营救被圈内人士认为是一个“奇迹”。

最让杨志感到自豪的一次探洞经历,是他与7名队员奇迹般地在洞穴中生存了8天7夜的“万丈坑”探测。要知道,普通人在黑暗的空间里,哪怕只待上一天便会精神崩溃。杨志率领7名队员总结失败原因后,再次向“万丈坑”发起挑战。他们将队伍分成了3组,分别负责探测、运输和后勤等任务。

杨志及7名队员经过3天的奋战，才到达上一年第3次探测的深度654米处。再下降，队员们将面临全新挑战和未知风险，洞道更加险象环生，一不小心便会被窄缝卡住，稍不留神也有可能直接坠落。通过头灯可以看见，各种形态的石花、石柱，形成了一片石柱森林，深深吸引住队员们，使得每个人都如同坠入了一个世外桃源。

为了省电，队长杨志建议大家都关掉头灯，整个队伍陷入无限的黑暗之中。然而，危险突然发生，一名女队员被头顶上的落石砸中左肩膀，整个人吊在绳上，在空中失去平衡，不停地摆荡。但她有惊无险，坚持下降，花费了1个小时，继续在竖洞间穿行。

左肩被砸伤的女队员依然霉运缠身，由于她无法在光滑岩壁上找到支撑点，不小心掉入下方水潭，幸运的是，水潭不深。所有队员顺势蹚过水潭，攀过约50米长的狭缝，再下降7米，终于抵达841米深度的地方，成功到达洞底。至此，他们已在洞中奋战了4天。

借助力量，他们在做好记录等任务后，又强拖身体回到530米处的2号营地，并驻扎下来休整。他们实在是太累了，完全置身于漆黑洞中，这一睡就是20多个小时。至入洞第6天时，很多队员的身体承受力已经达到极限。所有队员全部安全返回到洞口后，探洞任务宣告成功。

回到重庆，队员们记录着此次疯狂的8天7夜时发现，此前中国竖井深度排列前5位的洞穴，均由外国队员参与或作为主力探底成功，而此次完成的“万丈坑”探险，才是第1次由中国人独立完成，所有图片、测量数据等所有权属于中国人，一举打破中国探险队的最深纪录，是一次创造历史的壮举。

前后10年间，杨志带领洞穴探险队一共探险了1000多个洞穴，在地下穿行里程超过300千米，创中国人探洞最深纪录，也因此获得过中国户外运动金犀牛奖。他说："最初，当得知探洞项目大都是外国人完成的时，我就感到非常不服气。多年来在黑暗环境下进行极限运动，无面具、无喝彩、无国界，所有爱好者和参与探洞项目的先行勇者，有的只是对未知世界的强烈渴望，以及一人沉静下来内心的修炼。"

人人都可以“读”的自然大学

没有固定教室，没有教材，没有考试，你可以是学员也可以是老师，更可以在任何一座城市创办分校，所有公开课等活动都是免费的；山川、草木、乡土、鸟兽、垃圾、健康及园林等7所学院——这一切构成了自然大学的全部阵容。

冯永峰是一位“70后”，出生于福建省北部的一个小山村，北京大学毕业后，在西藏日报社工作4年，1998年至今任《光明日报》科技部记者。同时，他又是一位优秀的诗人、作家，著有《拯救云南》《狼无图腾》等与环保有关的报告文学7部。

2006年8月的一天，身为记者和志愿者的冯永峰前往西部某城市采访考察，在黄河岸边行走时，看到一幕触动心灵的场面：岸边人家的厕所通向黄河，并把各类垃圾倒进河中，穿城而过的黄河成了垃圾堆放场和污水集中营。

从那时起，冯永峰心中顿时生出一种不可遏制的冲动：“或许我能做点事儿，让每个人直面污染。”随后几个月时间里，冯永峰又分别与自然之友、厦门绿拾字、北京地球村环境教育中心、甘肃绿驼铃、南京绿色之友等10多家环保民间组织志愿者进行了网络讨论，创办一所“自然大学”的构想就此产生。

2007年3月，冯永峰首以“自然大学”发起第一个主题课程“城市乐水行”在北京正式开课，30余名参与者悉数到场。本次活动得到曾经参与讨论的全国多家环保民间组织单位的支持，形成了合作关系，公众环境研究中心也在网上专门开设BBS，同步进行项目发起，所有参与者徒步出行，自带干粮，对自己负责。

自然大学首先“试水”，就是选择北京城内的一条河，沿着河边走。在走水过程中，他们邀请环保专家，带领参与者考察河流的环保状况及沿岸景点和社区分布，每到一处河段就进行一次有关自然和文化的讲解，进入社区访谈，并提取水样检测和排污口定位等。

自然大学作为重点面向成年人的“社区环保大学”，坚持长期观察和记录自然界的种种变化，培养了参与者“发现自然之美”、向大自然学习、在大自然中学习，更激发每个人成为“主动的环境保护者”，以及对环境问题的“觉察与改良”等自然保护难题的解题高手，把自然大学视为“环保发动机”和“智慧培养场”，先后得到中国科协和众多企事业单位或机构的资金支持，通过认识和观察自然，关注周边环境变化，珍惜、欣赏和热爱自然生命，还要参与到治理环境污染的具体活动和案例中。

万物生长离不开水，水流不息就会有自然大学的成长。于是，一个个关于山川、草木、乡土、鸟兽、垃圾、健康及园林等7所学院陆续建立起来。7所学院又分别开设以各自学院名称为主题的公众环保课堂，独立或与其他机构合作运行草木课、乐水课、鸟兽课、垃圾课、健康课、食品课等课程。

各学院除了每周都有向公众开放的室内“公开课”和户外实践活

动，还源源不断地发布“课堂笔记”“调研报告”“环境纪实”等资料成果，“学生”们没有家庭作业，但是可以随时温习这些功课。而课程内容则来自水、鸟、植物、土壤、星空、云彩等大自然无偿赋予的资源和知识。

打开自然大学官方网站可以看到，“公开课”也许在一家茶餐厅里，鸟兽学院正在举办有关某种国家一级保护动物的主题讲座。与此同时，在城市的另一边，垃圾学院的“学生”一行数十人正在一处废品回收再利用集中地，考察城市垃圾分类处理的状况问题，或在某一座大厦的一间教室里，乡土学院在与某“公益创投”机构合作，邀请专家在为“学生”讲解西部大开发之“藏香制作、唐卡绘制、掐丝画制作和藏族面具制作”的理想和困境，更为西部“失学少年”的新希望出谋划策。

杨恒是草木学院的负责人。她大学毕业后，加入自然大学，从一位曾经的学习者变身为组织者。经过多年摸索和努力，她在每次讲座或活动之前，都要花很多心思设计课程，将植物认知、调查分享和时事关注等内容结合在一起，或邀请有威望的教授前来授课。虽然时常感觉很累，但她更愿意留在自然大学，因为有了很多“铁杆学生”的支持而产生成就感。最有意思的是，作为草木学院的负责人，总比垃圾学院的负责人头衔要好听且让人感觉舒服多了。

自然大学通过自助型人才培养，使公众实地参与调查、探寻自然环境和零距离直面环境问题，拓展公众自然而然地按照本性学习的机会，让公众知道，环境保护就是让更多的人过上更美好的生活而努力。

自然大学作为民间的环保组织，如何破冰社会与暖化时代，便成了能否推进环保成功和改良的基础。和媒体一起调查河南省某地古树进城时，竟顺便调查出淮河源头有好多木炭卖给韩国，当即向韩国发起一场“绿色选择”的公众运动。先后在全国范围内共做了30多次环境调查，比如对蒙古“铁蹄马”保护问题，经媒体曝光和众多民间环保组织跟进后，让很多环境破坏事故真相大白，最终得以妥善解决。举办包括“我为祖国测重金属”“我为祖国测空气”等社会实践活动，以实际行动体现民间环保组织“发现与干预”的正能量，在环境状况与社会各界产生实质性影响和行动。之后，他们陆续又把电磁环境、甲醛、水质、噪声、室内二手烟纳入检测目标。

2013年以来，由自然大学发起的“环保有约”网络平台进行了线上公测，同时注册实名微博，研发APP手机客户端，已成为中国环境伤害事件的“快速响应激发器”，配合自然大学各个学院的课程活动，大量接收各地志愿者发布环境伤害的文字、图片及视频信息，并展开有效干预。

在这里，每个人发现的环境问题，将被定位到电子地图上，汇总进入“环境伤害信息库”，将污染问题持续曝光，引起更广泛关注和重视，成为推动组织合作和针对性干预的重要证据，促使重大污染问题得到有效改良或彻底解决。

多年来，自然大学以其“人人都可以‘念’的大学”而著称，致力于“化伤害为美好、化腐朽为神奇，持续向自然学习、永远卫护大自然”之行动，协助所有人打通人与自然界的阻隔，推动普通公众成为环保志愿者，被越来越多的人参与和熟知，闻名全国。

第二辑

走向卓越的美好品质

山高人为峰，少年壮志不言愁。不要问怎样做才能卓越，不要抱怨为什么没有成功，激情、刻苦、精通、专注和坚持，这就是她的独特之处。或许，获取卓越的重要因素还有很多很多，而其中走向卓越的美好品质，“专注”二字无疑就是最重要的首先因素。只有做事专注的人，才能以饱满激情竭力投入和坚持，也才能从贫寒逆境中破土而出，无畏刻苦艰辛，目标清晰明确，最终成为在知识海洋中抵达彼岸的佼佼者，甚至成为攀缘事业高峰的栋梁之材。

站着生与躺着活

少时在乡下。有一年夏天，狂风夹着豆大的雨点，一连狂作了两个时辰。雨已止，风未停，父亲便急着拉我一起下田去，说：“不然就来不及了。”我和父亲一起来到田头，但见田地里，已经人样高的玉米在风雨的吹打下，全部倒伏了，如同被碾过一样，不复挺拔站立。

“快，全把它们扶起来……”这时，父亲一声令下。没等我反应过来，父亲便一脚伸进田里。父亲一边将倒下的玉米秆一株一株扶起来，扶直了，一边再依靠玉米自身长长的叶片相互捆在一起，几株一组，几株一组，玉米在父亲的扶持下，果然挺起了身杆，但依然东歪西斜。好在一组几株玉米之间相互支撑着，才不至于重新倒下去。

那时，我已从书本上得知“适者生存，优胜劣汰”的自然法则，自是有理有据，于是嫌弃父亲的迂，不屑地说：“这一地玉米多着呢，扶到什么时候才能扶完？扶起来又有什么用？倒不如由它们自生自灭自己生长去吧。”

“谁说没有用？对它们就是有用。”父亲指着刚刚被扶起的一株玉米，一字一顿地说，“能站着生的，就不能让它躺着活！”

记得那一年秋天，这一地玉米收成还是一般，但我还是理解了父亲的话。的确，站着生的玉米个个功德圆满，躺着活的玉米却几乎无收，因为在玉米躺倒下去的那一刻起，早将生的能量和希望消耗殆尽了，何谈生的理想和目标呢？倒下去的玉米最终迷失了方向，只长枝叶，不见果实。

父亲哪里是在扶起玉米？分明是在扶起我，给予我“宁要站着生，不能躺着活”的生存理念。

·握一把苍凉上路

一袭风尘,一把苍凉,还有一些仓皇……那时,这竟是他的全部。

他比我大好几岁。几年前父亲长病而逝,家什掏空,又欠了一屁股债。他断然放弃进考场的机会,辍学去了山西大同,掏了三年黑煤,又做了三年搬运工,清了债务还是一文不名。而后想想,他折身回来复学,重新拾起六年不摸的书本,欲搏最后一击。此时他已 24 岁。我们因此相识。

我们与别人有所不同,自带馒头和咸菜,坐在最后一排凳子上。教室后墙上有我们挂馒头的木橛子。我们好心的班主任经常把饭菜做多,喊我们去吃。我们住校,很少回家;我们睡一张木床,共执一盏用药瓶子做的煤油灯;我们一起熬夜,吃馒头就咸菜喝白开水,然而,除患贫血病、眼病和肠胃病外,却没觉得生活多么清苦困乏。课余,他就给我讲他自己掏煤的经历、做搬运工的苦头。

那一年,我们考学需要学生档案,否则不允许参考,因此,他和我都成了没有户口的“黑学生”。班主任用心良苦,把辍学学生的卡片给了我们。老天有眼,我们没被剔出来。那一年,我们以优秀成绩分别考上了外省公费院校。我们在操场上哭了大半夜，学校还在校史上大写了一笔，作为后来者学习的榜样。我们终于走出了那道穷山沟沟。

城市多寂寞，我们不懂城市。他在关中西安，我则去了关东吉林。关里关外两座城市因为有了他和我而四年里没有落寞。就在那年深秋，他的老母亲去世了，待他寒假归来，才知道母亲在坟里，他在坟外。

又是同年，我们学成毕业后，他只身跋山涉水，西上去了新疆独山子，那里有一座很大的炼油厂。我则去了沿江城市南京。我们握一把苍凉上路。转眼又过去了几年，心里有了安定的归宿，生命有了落地生根的达观。他有天山的风雪和大西北的旷野和苍穹，我有长江的沧浪和江城的霓虹。至此，他乡已成故乡，故乡已是他乡。

是的，有一种感恩是苍凉。感恩苍凉，涉过每一条急流，在天地间，我们成就了崭新的自我。感恩苍凉，爬上每一座高山，我们不感到失落，生命的历程是那么坚实。感恩苍凉，追随每一道彩虹，穿越任何一个季节，我们都能觉出手握的温度。

在人生的征途上，有真正的朋友为你鼓掌！

母亲的格言

母亲是地地道道的农民,这辈子也认不得几个字,但母亲的三句话至今让我牢记不忘,成为我生命中必修的人生格言。

小时候,我体弱多病,在大人眼中,成了总也长不大的孩子,总比同龄的孩子矮小,常遭大孩子们的欺负和阻截。我时常走在路中央,却被别的孩子挡住去路,并向我找碴儿,欲行取闹。母亲知道后,牵着我的小手,踏着月光夜路,挨个寻上门去,说明事由来意。但童年的孩子争强好斗,挑衅之事仍是没完没了。回来的路上,母亲深情地对我说:"孩子,你要记住,人不给路走,天给。"我望一望天,天是黑的,没有多想,更没有绝望,但这句话却深深地印在我的脑海里。虽然母亲没说天是什么,但让我懂得世界上除了人的存在之外,还有更广阔的空间,那就人的心灵。心灵是天,人的心灵才是自己任意翱翔的天空,也是别人无法得到和控制的自由。

母亲第二句话是:"不该走的路,还要走三回呢。"记得母亲说这句话时,是在自家的田地上,春天来了,所有的农活便是春耕播种,同时母亲也在我的心田上播种下了这句令我铭记终生的格言。随着我的成长，这句话的意义越发丰富多彩起来。当我学习取得进步时，我会想到也有可能会有退步；当我比别人优秀时，我又会反思优秀没有永远。每每想起这句话，我都不期然地谦逊谨慎起来，面对外界、别人的不公和不屑，也要保持一颗宽容和感恩的心。

母亲说："你做了什么事，别人不会知道，但你自己的影子会知道。"母亲常以这种空灵而又真实存在的话教诲我。母亲所说的"事"当然不是好事，带有警告之意，让我心存警惕之心。实际上，与人终身形影不离相依相伴的，便是离己最近的自己的影子。一想起这句话，哪怕在伸手不见五指的漆黑夜里，也会让人反省到自己身在阳光下的身影，所为好事坏事，依然昭然若揭。只有自己才是自己所作所为的首要行为人和操守者，所有的结局和结果，会一样不少地由自己承受和承担。

回想母亲的三句话，就是在重述母亲对我的谆谆教导和良苦用心。这三句话也一直成为我生命的航标灯，一路引领我踏上人生之路，可谓是做人做事拥有一颗美好心灵的良药格言。

雪地里的母爱

“北国风光，千里冰封，万里雪飘……”

那一年，他考上了大学，即将前往学校报到。母亲说：“妈平时只顾在外头忙了，从未给你擦过一次皮鞋，在你临走的时候，我亲自给你擦一次皮鞋吧。”

他舍不得穿这双皮鞋，把它装进包里，带到了学校。学校要举行开学典礼，他拿出皮鞋，细细摩挲，正将穿在脚上，被同学看见了。同学问：“皮鞋是谁给你擦的？好亮！”

他未言语，心中充满了温暖和骄傲。

不久，有一位中年妇女，也来到他所在的城市，在他就读的大学校门外，支起了擦鞋的摊位。同学很快知道了他的秘密，以及他擦皮鞋的母亲。

一天，他来到擦鞋摊前，不情愿地说：“妈，你还是走吧，回家去。”

这位中年妇女就是他的母亲。母亲不仅没有责怪他，反却意味深长地说：“妈知道这样做对你的影响不好，可妈是擦皮鞋的，更知道在哪里都能擦，好，我这就走。”

转眼到了年底，他准备收拾行囊回家过年，在去校外为母亲购买过年礼物时，经过一家商店，却被一个熟悉得不能再熟悉的身影打动了。在商店门前的雪中，一位中年妇女于冰天雪地之间，苦苦守候着，面前就是她支起的小小擦鞋摊，鞋油冻成了冰棍，鞋擦上的毛刷像冰硬的钉子，仿佛已经好久没有一个客人光顾她的生意了。

瞬间，酸楚的泪水模糊了他的双眼，任由流淌，凝固在他的脸上。母亲也愣住了。当她转过神来，才发现眼前的这位小伙子，正是自己上大学的儿子。他为先前的举动懊恼不已，心疼而又难过。

“妈！——”儿子终于喊出了声音，疾步向前，紧紧抱住在寒风冷雪中不知待了多久而冻得瑟瑟发抖的母亲。

母亲含泪哭笑，淡淡自喃地说：“不是妈不想回家，妈是担心你在同学之间自卑，每天收了鞋摊，在远处偷偷看你，看你脚上的鞋是不是干净，看你和同学是不是在说说笑笑，打成一片了，事实上，妈的担心是多余的，你让我走时，我就走了，可我无论在哪儿，都是擦鞋，都能擦鞋，所以在这里支起了鞋摊儿……”

俗话说：“没有鞋，矮半截。”母爱亦如是，母爱如鞋，因为他的母亲在幼年时就失去了双脚，却做了与脚息息相关的营生。鞋如母爱，天下谁无鞋？也因为母亲最看不得脚上没有一双好鞋的人。

这正是雪地里的母爱，如此圣洁和高贵，令人震惊和动容。母爱如鞋，鞋如母爱，母亲把生存的理念与温暖传给了儿子，自己却从未穿过一双像样而保暖的鞋子。

没有树，我们依偎什么

住在小院平房，门前有一棵高大粗壮的泡桐树，宽阔的树冠，枝盛叶茂。整个夏天，茂密的树荫，宽广而厚重，遮住骄阳，引来清风。我常常在树下遍洒一层水，搬来一竹椅，或看书或读报，风吹树动，唯荫翳依然盛浓，心静神闲，清凉中含带风的气息。好多年了，我已习惯于它无声的守卫和垂护，更不曾也不会想会有什么变故即将发生。

然而，就在这时，一场突如其来的暴风骤雨，如同决堤的洪流，从天而降。正是夜间，风声雨声，奔走呼啸。我陡然从梦中惊醒，只听见一声巨响，一棵那么强壮那么旺盛的泡桐树，却没能顶过一场风暴的劫难，轰然倒了下去。值得庆幸的是，树没有倒压在房顶上，而是如一堵矮墙，横堵在门前。庆幸之余，我深切感悟到生命的无比坚韧也有所脆弱。

这是我有生以来，遇到的最大一次风雨。一连好几天，我失魂落魄一样，从未有过的无助和落寞，滔滔浪浪袭上心头，犹如风雨袭来时，没有始料。更何况，相伴多年的一棵树倒下去了，一如人生里失去一个至诚的朋友，无所适从。

几天后来了一帮人，斧砍锯裁，截枝断树，又一车车拖走了，唯独留下树墩静卧在门前。一个人坐在树墩上，头上已揭去一层笼罩，赤裸裸的天光豁然一亮，无遮无拦，直射扑闪而来，仰脸向上，光亮而刺眼。惶惑的目光没有了可以栖息的枝头，风从哪里来，又到哪里去，没有树叶飘动可以辨别风向。先前喜欢依偎着大树消受情感，但现在却失去了可值得信赖的寄托，甚至花登枝头报春来的惊喜以及叶落归根为更生的达观，也随着它的失去而成为茫然的记忆。一时间，从心头失去的仿佛不只是一棵树的生命，深挚地说，如同迎来了人生的一大重创。

风雨过后，树墩也被来人拖走了。在没有大树的日子里，我不期然地会回望自己的来时路，离开可依赖的父母，远离可依托的家园，独自去闯荡所谓的人生，以及走在陌生街头时，天地和城市陡然无比高远和空旷，神情和目光异常紧慌的情景。那时刻，我是多么想，在人的一生中，有一棵大树可以依偎该是多么幸福啊！

生活就是这样，不经历风雨怎么见彩虹，有棵大树可以依偎当然是一种幸福，当沧桑岁月已成淡淡的风，身边失去了这棵大树，或头顶之上已消失了百般呵护时，我们的生命质地同样光彩鲜活，并从自我出发，依偎生活，拥怀亮色。

有什么别有抱怨

人在幼小的时候,最怕生病。也就是哪儿疼,不会说出来;哪儿不舒服,也说不清楚的时候,只会张着大嘴,哇哇号啕,最让大人们揪心。唯一的办法是,由大人抱着,以百米冲刺的速度,往医院里猛扑。幼小意味着无知,即便有所抱怨,也会像病痛一样,道白不出来了。

有什么别有病,和有什么别有抱怨一样,到头来吃苦受罪的也还是自己。病常常生在自己身上,而牵动的却是周围人的心。他们都没有抱怨,你还能有什么可抱怨的呢?病可花钱治愈,可自我疗养,可久病成医,可增强免疫力,而抱怨只会小痛成为大伤。伤透了人,伤死了心,伤坏了感情,直到拿起石头砸了自己的脚,自己抱怨自己的时候,一切可能都无法挽回了。

抱怨常常是一种能言可说的病痛,也可能是来自心灵无知的绝症。

生病的那天,或许东南风转西北风,或许下起了大到暴雨,你是被安然地送进了医院,接受住院治疗了,可周围的人还不是得顶风冒雨,在家和医院之间来回奔波吗?

有什么别有抱怨,有什么别有病,抱怨和病痛同样是一棵大树上凸起的瘤球，成长路上绊脚的顽石。可惜，随着时间的推移，这颗瘤球越长越大，这块顽石越陷越深，抱怨也会跟着越来越多、越来越具体、越来越匪夷所思、越来越不可理喻，而病情只能由小恙成为癌症。病入膏肓，病到绝症，病成枯槁，等到医院下发病危通知，生命走到了尽头的时候，所有已经都来不及了。

病灶大抵是一种不知休止的抱怨，也或许是发自于精神难缠的无理。

病故的那天，或许东南风转西北风，或许下起了大到暴雨，你是被太平地送到火葬场，化作一缕青烟了，可周围的人还不是得强忍悲痛，从火葬场一路悲歌打道回府吗？

到时候，这样的人，就再也不会生什么病，没有什么可抱怨的了吧。人生一世，无论如何，和有什么可别有病一样，有什么也别有抱怨。

其实，退一步你会发现，疾病并不可怕，瘤球锯掉即可，抱怨也非好事，顽石陷得并不太深，搬开即是。

俯下身来做牛

有一个乡村男孩，自小跟着外公生活。外公是一个犁田耙地的好手，每次下田耕作时，都要把男孩带上。一天，外公卸下农具在田头歇息，突然问男孩：“等你长大了做什么？”男孩答：“做牛。”外公又问：“做什么不好，为什么要做牛呢？”男孩又答：“做牛帮姥爷耕田呀。”

转眼，男孩到了入学年龄，离开外公回到自己家中。上学第一天，老师问学生们，长大后做什么？学生的理想各不相同，回答问题也不一样。大多数人长大后不是想做科学家，就是想当发明家、教师和医生等，其中一个女孩回答说“想当妈妈”而受到全班哄堂大笑。最后，老师走向角落里一直默不作声的男孩，问：“你长大后做什么？”男孩站起身，昂首挺胸地说：“我要做牛。”顿时，教室内大笑之声又起，经久未息。

后来，男孩长大了，一路求学，从乡村走出，最终来到了城里。男孩始终认为自己是农民的儿子，大学毕业后，当看到有人求职无门，对现实处境深怀不满，对周遭人事心存惶惑时，更唤起了他根植心中已久的教诲，在城里照样可以做牛。

不久，有一家知名的集团公司向他抛出了橄榄枝，招聘他的主考官问："假如你能来到我们的企业，想要做什么？"男孩依旧斩钉截铁地说："做牛。"主考官不由得笑了，说："做什么不好，为什么要做牛呢？"这时，他一改虚浮的说教，认真地向主考官分析了自己的梦想和理由，最后说："自小我是在农村长大的，早已懂得为人先做牛的道理，因为一个愿意做牛的人，就像牛一样，不愁没有田耕，岗位没有高低贵贱，一样得有人来做，关键是作为贵公司里的一员，恰恰需要的就是牛的谦卑之心和高贵之处。"

是啊，一位哲人说过："愿意做牛，处处有田耕。"这个男孩以牛的质朴和忠实诠释了为人先做牛的真正要义。也许，已经看得出来，这个男孩的经历就是我的真实经历，最终获得了自己平生以来的第一份工作，并从此在城里扎下根来。

因为儿时的记忆，让我愈加坚信，原来真心实意做一头实实在在的牛，要比做一匹驰骋疆场的骏马，或者一只上蹿下跳的狡兔，更容易敲开成就事业的大门。

说出你的秘密

美国人弗兰克·沃伦原是一个普通的人，却做出了一件非常有创意和够勇气的事情。八年前，他的一次突发奇想，让他成为世界上掌握别人隐私最多的人。

八年前，他经营的一家小型文件快递公司效益不太好，郁闷之中，他就产生一个创意，自掏腰包印制数千张明信片，走上街头分发给过往的陌生人，并告诉他们把心中从未与人分享的隐私写在明信片上，然后以匿名的方式寄给他。

没承想，此创意很快得到响应。一封封写有寄信者隐私的匿名信像雪片般飞来。因此，弗兰克在过去的八年里，每天早上怀着欣喜若狂的心情去查收信件。因为，他在成长过程中，从未有人这样开诚布公地与他分享过内心深处真实的世界和秘密。

然而，弗兰克在收到这些隐私后，并没有独享，而是每天花去大量时间，按照不同内容进行分门别类，为此，他还创建了一家名为“张贴隐私”的网站，然后把隐私发布在网站上，把匿名者的隐私公诸于世。

八年来，弗兰克已收到来自世界各地大约50万张明信片，堆放在一起如同一座小山。如今,他的“张贴隐私”网站也成了全球访问量最高的无广告网站之一。

弗兰克由此坚持认为,他这么做并非徒劳无功,恰是一件具有非常重大意义的事情。他说:“通过了解不知名者的隐私,能让我们窥探其内心深处,感受神秘和奇迹,也同时提醒我们,这些隐私正上演着或已经上演了不计其数的人生悲喜剧。”

弗兰克对大量隐私进行研究和总结后发现,人们的隐私绝大部分与其本人的孤独有关,也包括自残行为和饮食紊乱等方面的内容。比如有一张匿名信这样写道:“今天有一位粗鲁的顾客,我给了他一杯不含咖啡因的咖啡。”还有一人给弗兰克寄来一张明信片,上面印有多名好莱坞男明星形象,并告诉他:“其中有一位男明星是我儿子的父亲,他给了我一大笔钱让我保守秘密。”

最后,弗兰克希望通过窥探内心并公开隐私的方式,给人以更多启迪。他如此承认:“有时候,所谓隐私就是每个人心中都有难以承受的秘密。令人惊讶的是,当人们有了分享别人秘密的勇气时,我们内心深处的人性才会被唤醒,同时,才会觉得自己是世界上最快乐的人。”

成功的秘诀

南京女孩阮露斐曾就读于南京市第一中学。而今，她不仅成长为在世界大赛中屡有斩获的“女子国际象棋特级大师”，同时她也是清华大学的一名高才生。一年前的秋天，她奔赴美国卡耐基–梅隆大学留学，硕博连读，并获得大学为她提供每年8万多美元的全额奖学金。

阮露斐是如何做到旗开得胜和学有成功的呢？

原来，阮露斐在很小的时候，父亲教她下中国象棋，小区里比她大的男孩子都下不过她，父亲觉得她有天赋，带她去体校学棋，去的那天恰巧教中国象棋的老师不在，因此，就是这么一次阴差阳错，她从此和国际象棋结下了不解之缘。

读高一时，阮露斐被省体院聘为职业棋手，一边上学，一边下棋，同时进入国家集训队，训练中充实而忙碌的生活延续将近一年。

由于遭遇“非典”，在空缺一学年的课程后，她重返校园，这时离期末考试已经很近了。课程知识出现严重“断层”，学习压力之大可想而知。那段时间，她真有一种忙不过来的感觉，每天听课像听天书一样，在课堂上记住新知识，在课后再把断层补上。

经过不懈努力，当课程前后贯通时，她常常有一种意想不到的感觉，会突然有一种恍然大悟和原来如此的惊喜。突击学习一个多月，她竟考出了全班第八名的好成绩。

不仅如此，在高中三年里，阮露斐三分之二的时间是在参加象棋集训和比赛，在校上课时间还不到三分之一。

高考结束时，她竟考出 586 分。此外，在清华大学当年组织的冬令营考试中，她也是一考惊人，超出规定分数线 40 多分。清华大学随即承诺，只要她在高考中考出 300 分就能按体育特长生录取她，而她竟以高出 286 分的惊喜成绩入读清华。

入读清华后，阮露斐就读的是经济管理学院的会计专业。她一边上学，一边下棋，参加很多比赛，一路成长为“女子国际象棋特级大师”。2010 年 6 月，她从清华大学毕业时，学业综合评分排名第二，是名副其实的高才生。两个月后，她申请到美国卡耐基—梅隆大学的硕博连读资格。

对于棋手而言，下棋风格不外乎有两种：一种是天天下棋训练，才有感觉；另一种是基本功扎实，努力就有进步。阮露斐显然属于后者，2010 年 12 月，在土耳其举办的“国际象棋世界锦标赛”上，她一路过关斩将，直到遭遇同为江苏籍的 16 岁少女侯逸凡，最终取得亚军席位。同时，她被组委会誉为本次比赛中“最黑的黑马”。

2011 年，阮露斐因为要去美国留学，不得不宣布从江苏队“退役”，但在读硕博期间，她依然不放弃一边读书一边下棋的人生构想，参加了 2011 年 8 月在俄罗斯、土耳其、亚美尼亚等多个国家同时举办的“世界女子国际象棋大奖赛”。

一次，阮露斐说起自己的成功时，一脸谦和与自信。她说：“如果一个人的成功背后,天赋是其中的一个原因,那么另有两种个性是不可忽视的:一个是超强的自控力;另一个是坚韧不拔的毅力。"

一根蜡烛两头烧,鱼和熊掌照样可以兼得,这就是她的成功秘诀。阮露斐正是凭着超乎常人的自控力和坚韧毅力,读书下棋两不误,"双力合一"地成为她身上的一双有力翅膀,不断让生命充满进取,让成长用力飞扬,她的青春才如此激昂澎湃、无限辉煌。

把“拼凳”打造成神器

“80后”木作达人张器安，自小对木工活感兴趣，大学毕业后成了一名建筑师。生活中，他的自娱自乐方式就是做木工，家里的饭勺、木碗等生活用品，都是他工作之余捣鼓出来的小木器。

张器安从建筑公司辞职后，和结识多年的建筑师好友祁岳，基于同样想“做点东西”，联合创办了属于他们自己的设计品牌“無有匠造”工作室，全身心投入其中，重新开启“从无到有”木作之旅。他如是说：“虽不在建筑公司上班，但可以和喜欢的木头打交道，心里觉得踏实。”

有一次，祁岳跟张器安闲聊时说：“女儿刚上幼儿园不久，第一次送她去教室，回头看见她一个人怯怯地站在教室外很久。因为女儿说新来的小朋友都害羞，谁也不理谁。”二人越聊越深入感受到，属于独生子女一代的小孩子们，社交需求同样很重要。于是，他们就集思广益，为鼓励孩子融入一块儿玩而做些什么。

二人随即行动起来，拿出多年来积攒的各种家具草图，研究来研究去，也没想出什么好办法。一连几天，他们本着能让小朋友一看即明白，且会主动聚在一起玩儿，又画出一沓草图，最终琢磨出了木作“拼凳”，就像做拼图一样来拼凳子。

这个创意，虽然没有刻意炫技和装饰，只是将凳面做成拼图造型，但可陪着孩子很久很久。重要的是，为确保环保材质，他们还是经历了重重选择。传统榫卯拼接不带有一个螺丝钉，采用黑胡桃木及白蜡木而颜色耐看且温和，反复精磨使木质表面呈现细腻手感，以及使用环保油漆等，保证孩子使用安全。

有趣的是，拼凳不只像拼图那样随意拼拆，还能拼成排排坐的长板凳或者小矮桌，赋予“拼凳”种种实用价值和暗示作用，暗示小朋友去找更多伙伴，一起玩拼凳，一个小朋友搬不动，另一个则会过来帮忙，不知不觉中，交到更多好朋友，顿时变得有趣起来。

张器安和他的“無有匠造”工作室，经过营销推广，已形成品牌效应，拼凳投入量产，把小板凳打造成童年的交友神器，也将很快走进更多家庭生活场景中。

只有做出不一样，才能成就不一般

黄珠琳，这个水影画的“元老大师级”人物其实是个只有26岁的青年，两年前开始在家中潜心钻研水影画，以中国古代“墨池法”和沙画表演艺术为启迪，自2010年第一幅水影画问世以来，博得无数人追捧和喜爱。

1985年，黄珠琳出生在山东菏泽，自幼痴迷美术，大学读的却是土木工程专业。大学毕业后，父母将他安排在一家国企建筑公司上班，但他发现自己还是喜欢画画。

有一次工地上在做地基，身在高处的同伴需要一枚铅锤，他站在下方向上抛递铅锤时，将一根木棍碰掉，恰巧砸在他的鼻梁骨上，造成骨折。虽是意外事故，他却感到心中窃喜，因为这样，他就可以名正言顺地休养一段时间，回家继续寻找他的绘画梦想了。

休养期间，电视里关于沙画的节目深深吸引了他。黄珠琳认为自己也可以做沙画。一个星期后，他把道具全部做出来，也把沙画做成功了。但这时，中国沙画已风靡全国，不再是什么新鲜事，关注度自然大打折扣。渐渐地，他对沙画失去了兴趣。要想成功，必须另辟蹊径。

黄珠琳决定从“五行”中寻找灵感。很快，他发现在水面上作画，如能成功，必将火爆。中国人在水上作画古已有之，可以追溯至唐朝，即“墨池法”。除此之外，别无文字记载，也没有视频拿来参考。黄珠琳决心自己开辟新路，研究水画。从此他宅在家里，潜心钻研在水上作画的技法。

在水上作画比沙画的难度大多了，摸索起来失败时多，成功时少。黄珠琳说：“水影画的神奇之处在于介质，绝大多数画作都是落在固态物上，水影画却是在流体上作画的一种艺术形式。”

“墨池法”中记载，用作绘画的水并非是单一的水，绘画用水得有一定的黏稠度。为求得合适的流体材质，黄珠琳坚持钻研了四个多月。那段时间，他利用工作之余，疯狂查阅资料和做实验，前前后后找来100多种材料当介质，做了几百次实验。

黄珠琳终于调试出胶质的水体和颜料。这种经过加温烧开后的水质，加入特定的中间介质后就不会让墨迹渗入了，同时又不像胶水那样粘黏。然后，他把调试好的水装满自制的底部投射有白光的透明容器中，在水面上点一滴或几滴彩墨颜料，用针笔进行引导塑形，果然就形成了不断变化的美妙花纹。

随后，欣喜若狂的他不顾家人的反对，毅然辞去了固定工作，全职投入水影画的创作之中。水影画有其独特的手法和工艺，以水影画《敦煌》为例，在水面上用滴管滴上六个圆点，再将它们用针笔切划开来，圆点就成了广阔又具有流线感的沙漠；再在沙漠上方滴上四个圆点，寥寥数笔就可以将它们变成一个人和三匹骆驼；而一个多层宝塔也在画家的滴管下转眼变成了一尊佛等，画如水，影如画，流动水面将气势磅礴的大漠表现得淋漓尽致。就拿骆驼形象的创作来说，别看仅用了8笔，竟是他苦思冥想了整整一个星期，才构思并完全掌握的。

黄珠琳将亲自制作的水影画《敦煌》视频传上了网，点击率在短短两天超过300万人次，半个月后，迅速在网络上高歌猛进，被各大门户网站和媒体疯狂转载。黄珠琳一跃成为网络红人。

黄珠琳的水影画继沙画之后，创造了前所未有的高关注度，走上了一条艺术和商演相结合的道路。不久，黄珠琳在同为“80后”的徐玲、钟晓龙等画师加盟下，组成8人创作团队，成立了珠琳水影文化传播有限公司，从此将水影画全面推向市场。

只有做出不一样，才能成就不一般。黄珠琳正是凭着这种勇于另辟蹊径的探索和创想精神，走出了一条超越寻常智慧和创意、让奇迹和财富齐飞的艺术人生。正是唯有敢于不走寻常路，做出不一样的传奇和梦想，才能成就出不一般的成功之路和事业征程。

走向卓越的美好品质

2012年1月中旬，一位17岁的美国女孩引起全美媒体的高度关注，传遍全世界，因为她收到了一份特殊邀请，将前往白宫参加总统贝拉克·奥巴马在1月24日举办的国会演讲。

在美国，小小年纪的她还只是一个普通的高中三年级学生，她有何能力获得这么高的特权和荣誉？据美国《新闻日报》报道，她正是在全称为“科学天才搜索”高中生科研大赛中跻身半决赛的学生之一萨曼莎·加维。

“科学天才搜索”高中生科研大赛以其历史悠久在全美颇具声望，堪称“少年诺贝尔奖”。在这次有上千名美国高中生报名参赛的大赛中，通过展示自己的原创科研作品，加维过五关斩六将，凭借自己在海洋生物学方面的独有特长和视角成功晋级半决赛，成为旨在“寻找明日科学家”中的科学小奇才。

然而，谁也没有料到的是，媒体随即意外发现，就是这么一位天才级的高中女孩，竟然还是一名无家可归的穷孩子，生活贫寒，超出所有人想象。

1995年,加维出生在美国纽约州长岛地区的一个穷苦家庭。17年来,她虽然和父母一直生活在一起,但她是在收容所里长大的,至今还栖身在萨福克县一处只为无家可归者提供避难的收容所内,贫寒交迫程度可想而知。

加维的遭遇和事迹经媒体披露后,无人不感到吃惊和动容。因为相比较而言,她不可能拥有优越的物质生活,更不可能在各项条件都顶尖的学校里读书,但她又是如何在贫寒、逆境和普通中出类拔萃,并在长岛地区参赛人数达到61人中,唯一脱颖而出并能进入决赛的呢?

2012年1月17日,长岛议员史蒂夫·伊斯雷尔在正式邀请她前往国会参加听讲的消息时说:"加维小小年纪就获此殊荣,不仅因为她的天赋,更源于她在贫寒逆境中拔尖的精神。"并邀请加维的父母在自己的办公室里届时收看奥巴马演讲的电视直播。

随后,美国《新闻日报》也发表采访她的文章,在对她卓越成就给予充分肯定的同时,教育专家也进行了深入解析。虽然她在日常生活中面临艰辛,但她超乎常人地具备了掌握知识的渴望和决心,并作为她成长过程中最优先重要的事和奋斗目标。

专家最后总结,一个人在成长和成功的进程中,要想获取卓越的最重要因素,并不取决于家境如何优越,也不是就读的学校高级还是普通,而是她一定具备了较于常人尚未拥有的独特品质和刻苦精神。因为,她必须以坚韧的耐心、毅力和纪律,不断克服失败、挫折和诱惑,跨越所有障碍或者杂念,心无旁骛地保持高度专注,集中精力严格执行所做的事和要实现的目标。

据说在2008年以前,从历届参加此项科研大赛脱颖而出的学生中,已经有六位人士最终成为"诺贝尔奖"获得者。萨曼莎·加维的成功秘诀显然具备了这些特质和优势，贫寒不是借口，逆境不是绝路，从收容所走出一个科学小奇才，一点儿也不让人感到奇怪。

山高人为峰，少年壮志不言愁。不要问怎样做才能卓越，不要抱怨为什么没有成功，激情、刻苦、精通、专注和坚持，这就是她的独特之处。

或许，获取卓越的重要因素还有很多很多，而其中走向卓越的美好品质，“专注”二字无疑就是最重要的首先因素。只有做事专注的人，才能以饱满激情竭力投入和坚持，也才能从贫寒逆境中破土而出，无畏刻苦艰辛，目标清晰明确，最终成为在知识海洋中抵达彼岸的佼佼者，甚至成为攀缘事业高峰的栋梁之材。

谦逊是美德

1988年10月的一天，德里克·罗斯出生在美国芝加哥南部一个号称为“罪恶之城”的地方，家中排行老幺，上面有三个哥哥，是母亲布兰达独自一人把他们四兄弟拉扯大。

小时候，罗斯是个非常敏感的孩子，每次在外玩耍时，心中一旦有危险的预感，他就毫不犹豫地跑步回家。那时候，家中兄弟四人已经常在街头的球场上打篮球了，老大善于控球，老二长于投射，而老三拥有扣篮的本领，等到最小的他也开始摸上了篮球，三个哥哥不约而同惊奇地发现，这个小家伙竟拥有他们所有的天赋。

罗斯出生后，母亲对其余三个哥哥则能一视同仁，唯对他却宠爱有加，视为心肝宝贝，严格培养和教育。由于他从懂事起，就牢记全家人对他寄予的厚望，远离贫困社区的种种恶习，专心打球，加上他的执着也是“认真上学，努力打球，做个好孩子”，长大后更觉得能进NBA打球才是他最大的梦想和奢望。结果，他全都如愿以偿。

正因为如此，在罗斯成名之后，没有人在意他的过去，更看重的是他在NBA赛场上如何成为一颗光芒四射的巨星。他是2008年NBA选秀状元，获得2009年NBA年度最佳新秀，并入选当年最佳新秀阵容第一阵容。在2011年常规赛季来临之际，母亲布兰达很意外地为他制定了一个新的目标就是："不许说脏话。"

进入赛季后，年轻的罗斯作为芝加哥公牛队的王牌，表现极其神勇，以平均每场斩获25分、4个篮板和8次助攻的出色表现，带领球队以62胜20负排名全联盟第一，并超越此前23岁时获MVP奖项的传奇巨星维斯·昂赛尔德，拿到了本年度最有价值球员奖。

毫无例外，罗斯是从贫民窟走出的篮球明星，有着从不骄傲自满的优良传统。因此，他牢牢记住母亲的无限期许，不许自己在球场上说脏话，而且哪怕在电视上听不见也不行，因为别人能从口型上看出来。

有一年在美国芝加哥联合中心，效力于公牛队的新一代领军人物德里克·罗斯，从NBA总裁大卫·斯特恩手中接过常规赛MVP奖杯的一刹那，这位年仅22岁的后卫比上一个捧得MVP奖杯的飞人乔丹还要年轻3岁。这无疑是芝加哥久违的荣耀，他因此有更充分的理由被定义为乔丹的接班人。

在授奖仪式上，他是如此谦逊，看起来不像个超级巨星，甚至有人质疑他的奖杯，但熟悉他的人都知道他确实不够大牌。如今的他终于实至名归，面对数万名球迷逐一表达感谢，镜头前他哽咽地说："最后……我要谢谢我的妈妈……是她成就了现在的我……回想当初那段厌恶训练的日子，我就能回忆起妈妈给予我的鼓励。那是一段艰难的岁月，是妈妈陪伴我走到今天……"

他强忍住的泪水，最终出现在母亲布兰达的脸颊上。"不许说脏话"，多么朴素的话语，更是全世界人都心知肚明的道理。而德里克·罗斯，至今还保留着在任何场合都尊称别人为"女士"或者"先生"，甚至有一次，他拍完一则广告后，认真地向片场每一个人道谢，就连打杂的也不会错过。而这一切，都与母亲长期的谆谆教诲分不开。

永远保持谦逊，是他最伟大的美德。他 22 岁，最终成为美国 NBA 历史上最年轻、最有价值的球员。

·王者的天赋与法宝

1 岁时爱玩智力玩具，两岁时能分辨汽车品牌，4 岁时竟然有一次用近 6 个小时拼装一辆玩具火车，8 岁时开始接受国际象棋训练，这些看似每一个平常孩子都可以“炼成的”事情，并无非凡和特别之处。

时间过得很快，在 5 年之后，13 岁的他便被授予了“国际象棋特级大师”称号。这位被其教练称为“百年不遇，前途无量”的神童，就是现今国际象棋世界棋王，年仅 20 岁的芒努斯·卡尔森。

1990 年，芒努斯·卡尔森出生在挪威，是个典型的“90 后”小伙儿。父亲老卡尔森只是一位拥有锦标赛资格的国际象棋玩家。

2003 年，时年 13 岁的小芒努斯·卡尔森因打败当时的世界棋王卡尔波夫，并打平“国际象棋最高峰”卡斯帕罗夫再次一鸣惊人，从此“棋坛莫扎特”的天才美誉横空出世，名扬天下。

然而，在父亲老卡尔森记忆里，小卡尔森很小的时候，并未表现出在国际象棋方面有超人的天赋，而最后之所以他能够坐上“世界棋王”的宝座，完全源于小卡尔森和姐姐艾伦的“对决”和“争锋”。

那时，小卡尔森和大他两岁的姐姐艾伦都很小，便师从仅仅拥有锦标赛资格的父亲学棋，更没有表现出太大的兴趣。在姐弟俩学棋过程中，小卡尔森为了能够在棋盘上战胜姐姐，才开始加紧钻研棋艺，刻苦训练。终于在8岁的一天，他如愿地打败了姐姐，自此对国际象棋的热情越发饱满，一发而不可收拾。

卡尔森在棋艺上少年得志，骨子里却还是个大男孩，性格文静，长着一张娃娃脸。赛场下，他最喜欢的运动莫过于乒乓球，右手横拍弧圈球是他的技术特长。但见他坐上棋桌，便双眉紧锁表情专注，俨然是一个快刀杀手，不仅一次能够心算20步棋，运算速度比电脑还快，而且能清楚记得6年之前参加比赛时的每一步棋，极具非凡的驾驭能力和记忆天赋。在现任教练、前俄罗斯棋王卡斯帕罗夫看来，卡尔森拥有超人的象棋“方位感”，是百年难遇的天才棋手。

2010年初国际象棋世界排名表上，挪威神童芒努斯·卡尔森由此取代其教练、俄罗斯天皇巨星22岁时才登榜首的卡斯帕罗夫，成为史上最年轻的国际象棋棋王。

天赋不是成就神童唯一的至高法宝。所谓法宝，唯有争锋，无畏对决，都是源于后天在一次次“对决”中快乐成长，在“争锋”中获取乐趣技艺，从而奠定无畏刻苦战胜困难的雄心和耐心，激发不断进取、力挽狂澜的决心和斗志。

鼻尖上站着一个天使

出生时,她便遭受不幸。由于患上了重度脑瘫,注定她一生都要与轮椅做伴。更为不幸的是,她的语言和运动中枢神经受到重创,成了别人眼里永远“长不大”的女孩。到了入学年龄,当别的孩子欢声笑语出入校园,在亲人百般呵护和关爱下欢度快乐无忧的童年时光时,小小年纪的她却只能坐在轮椅上,妈妈带她去过许多幼儿园和小学校,竟没有一家校园敢于接收她的“诉求”。

她两岁多时,妈妈迫于生计,不得不走出家门,拜师学习裁缝手艺,而后开了一间裁缝铺。从此,她便在缝纫机声中度过童年。妈妈做活,她蜷缩在衣服堆里,渴了饿了时,妈妈边做衣服边喂她吃点东西。

16 岁,有着花样面孔和纯真笑容的她还大字不识一个,上学的机会越发渺茫,而近于绝望了。恰在这时,一个人的出现改变了她的命运。这个人就是一家特殊教育学校的校长。

有一天,一位特殊教育学校的女校长偶然间走进她妈妈开的裁缝铺,登门要做一件衣服时,低头看见衣服堆里还有个身患重度残疾的女孩,心里一疼,忍不住深感怜爱和惋惜。强烈的职业感和责任感让女校长无法割舍，决定把她作为特殊生，招至自己的特殊学校就读。听到这个消息，她恍若梦中，求学欲望十分强烈，她格外珍惜这个“迟到”的入学机会。

入学后，她有手却不能写字，上课时就聚精会神听老师讲课。课后或考试时，她通过发出咿呀声音请同学或老师代笔做作业和考试。在校期间为不给老师添麻烦，她几乎一天不喝水或少喝水，克服自理困难而绝不叫苦喊累。功夫不负有心人，她多次被评为县、市的“三好学生”和优秀少先队员。

18岁时，一直在精神和物质上给予她关心和帮助的一位县领导，得知她对电脑非常有兴趣，很快掏钱为她购置了一台电脑。然而，她的双手完全不听使唤，如何操作鼠标和键盘？无奈之下，她决定别样尝试，使用自己的脸颊、鼻尖和下颌代替双手，一切从零开始自学电脑。

终于，她可以使用电脑打字、写作业和与人交谈了。鼻尖磨破了，下颌红肿了，但她乐此不疲，每天放学回家后，除做作业和看电视外，网上写作成了她耕耘不辍的新生活。两年过去，她用脸颊挪动鼠标，用鼻尖和下颌敲击键盘，在网上“笔”耕不辍，发表诗歌20余首和日记300多篇，写作水平取得长足进步，甚至突飞猛进。谁能想象，这一篇篇诗歌和日记背后，她经历了多少酸甜苦辣，每一个字、每一首诗歌或每一篇文章，需要付出多少心血和汗水，唯有她自己心里最为清楚。

这位只接受过六年特殊教育的坚强女孩，以常人想不到的特殊方式书写人生，创造了生命奇迹。五年后，她23岁，已创作文学作品二十多万字，都是她的心血之作。这一年，她饱含深情、感恩和洋溢着青春和爱的散文与诗歌，集结成著作《不屈的天使》获得正式出版，并实现和成就了她坚持多年苦苦追求的作家梦。

1985年,她出生在沈阳市一个普通家庭,2006年被选为“感动辽宁十大新闻人物”。2011年8月的一天,27岁的她再度攀登生命的新高点,由妈妈推着走进了《共享沈阳残联通讯》编辑部,正式上岗成为杂志社里的一名编辑。2011年10月20日,她和她的《不屈的天使》一书在沈阳首次公开签售,她的故事令不少读者感动得当场落泪。

她叫赵晨飞,以非一般的独特方式和不屈信念,活出人生精彩,从而证实了活着的意义和价值。她被互联网等媒体喻为“用鼻尖书写人生的不屈天使”。

我不是天才，只是“坐得住”

1994年，她出生在江苏兴化市一个普通家庭。很小的时候，家人带她学书法、拉二胡和练声乐等，但自5岁开始跟启蒙老师学习国际象棋，她便深深喜欢上了这项运动，班上很多男同学都成了她的手下败将，被老师赞为“奇才”。

2003年，她不满10岁，第一次走出国门亮相希腊，就夺得世界青少年冠军赛女子10岁组的冠军。回国不久，她即被国家队破格吸收为国际象棋队队员，成为历史上年龄最小的国家队棋手参加集训。

自此后，也是这位小姑娘在历次国内国际大赛中一发不可收拾，创造了国际象棋界一个又一个新的传奇和神话。

2006年，13岁的侯逸凡已是世界最年轻的女子国际特级大师。次年，她依然是世界女子特级大师中最年轻的棋手。2010年她17岁，在国际象棋世界锦标赛上一举夺得冠军，成为世锦赛历史上最年轻的棋后。

2011年，她成功卫冕世锦赛获得冠军后，成为世锦赛有史以来唯一在18岁以前两夺世界冠军的棋手。外国媒体不禁评论惊呼：“若真有人能代表崛起的中国，不是政坛大佬，也不是互联网领袖，而是一位来自中国的少女棋手。”

2012年2月初，她再次续写传奇，在欧洲大陆直布罗陀国际象棋公开赛上，击败一众等级分超过2700分的男子国际特级大师获得业军，也由此号称当今中国女子国际象棋名副其实的第一人。且在此前一役中，她战胜了被称为天赋异禀、国际象棋界罕见的“外星少女”匈牙利女棋手小波尔加，引发业界轰动，成为世界新闻。因为她一举打破小波尔加二十多年只在男子赛场征战，并在慢棋比赛中对垒女棋手的不败神话。

她就是现年不满18岁的“天才少女”侯逸凡。能取得如此成就，有着怎样的不凡经历和独特之处，以及有何成长秘诀和智慧密码呢？

面对接踵而来的赞誉，自认不是神童，也不是天才的她反而表现得淡定自若。她说：“运气不错，一直都能碰到好的教练和老师，没觉得自己有什么特殊之处。”

知女者，莫如父。父亲侯雪健并不否认她能在世界女子棋手中成功突围，进入顶尖阵营，应该说她具备了天赋因素，但更与持久的兴趣和努力是分不开的，并坚持认为女儿向来是能“坐得住”的人。因为在棋类比赛中，一坐就是一两个小时，随着年龄增长，参加成人比赛坐的时间会更长。

所谓天赋方面，侯逸凡的确在象棋方面有着超强的推算力，能推算到百步之外。但还是其父亲的原话：“有天赋，可以去尝试；坐不住，神童也白搭。”侯逸凡懂得下棋耗脑力也耗体力，所以她在下棋之外会不遗余力地通过跑步、游泳和跳绳增强体质，每一样都是不同凡响，以有助于在高强度大赛中的双重消耗，坐得住、稳得住、“hold住”，最终力克对手，独放光彩。

一个人具备某一方面的天赋固然幸运和重要，但先决条件必然是能够稳住身心坐下来钻研，心无旁骛坐得住思考，坚守于努力，专注于开发，把优越天赋一步一步转化为业绩和成就。

只有坐得住，才能“hold住”，身心必然物我两忘，超然天外，才能将全部精力和定力投入到自己的兴趣、志向和努力中去，最终在既定的舞台和道路上创造一个又一个非凡业绩和惊世成就，成为石破天惊的传奇与神话。

"天才"只是一个单词

2012年7月,一位年仅14岁的美国洛杉矶少年将从他就读的大学毕业,他就是被美国媒体誉为"天才"和"神童"的摩西·凯·卡夫林。然而,就是这么一位集各种美誉于一身的准大学生,在他的读书生涯中,却是个屡次被学校拒收的孩子。

卡夫林在接受媒体采访时说:"'天才'只是一个单词,就像IQ(智商)一样,那是人们创造出来的一个数字,只评估了一个方面,忽视了造就一个人的其他因素。"原来,让所有人感到惊讶和忽视的,正是卡夫林在学习和学业上有着超乎普通学生的努力和渊博。

卡夫林的父亲和母亲都是美国移民。卡夫林的母亲是中国台湾人,早在十几年前,与来自巴西的父亲相识相爱,并在洛杉矶组成了家庭。卡夫林在幼年时,和许多普通孩子的表现没什么差别,只是在父母的悉心照料和教育下,渐渐发现他在诸多方面都有着浓厚的求知欲望和兴趣。

卡夫林4岁时,已能解答简单的算术题。但无论从家庭教育,还是从自身学习,卡夫林的生活并不枯燥,也和大多数家庭一样,卡夫林喜欢听音乐,父母就带他学习音乐,为有一个好身体,父母又让他参加武术训练,卡夫林喜欢听故事,父母经常跟他一起阅读。然而,6岁时,父母要送他到私立小学就读,却屡遭拒绝,且所有学校拒收的理由几乎保持一致。

最后,终于找到卡夫林被学校拒收的原因,这时的卡夫林特别不招老师喜欢,因为他的表现比学校里的老师懂得还多。无奈之下,父母只好把他带回家中,在家里给卡夫林上课。两年后,8岁的卡夫林第一次参加高考,就被大学录取,且用了三年时间就拿到了该所大学的副学士学位。

2012年4月中旬,卡夫林在面对媒体质询和讨教时,一概拒绝"天才""神童"的美誉。他说:"这样的成绩和结果,就像我的生日是2月14日一样充满浪漫色彩,我只是极少看电视或玩电子游戏,把更多努力用在了学习各种文化知识和锻炼身体上,已经形成了良好的习惯等,为此,我还赢得过国际武术比赛,学会了潜水……"

2012年7月,卡夫林又将从美国加利福尼亚大学洛杉矶分校正式毕业,成为真正的大学毕业生并取得学士学位。对于未来的打算和梦想,卡夫林显得异常沉稳而不失幽默:"我从两岁开始学习,只能说没有浪费时间……不过现在,我还是没有时间交女朋友,因为对投入一段恋情而言,我还是太小了,是我拿到硕士学位或者博士学位之后才考虑的事情……"

因此,从卡夫林的成长规律中不难看出,除家庭营造的浪漫氛围和宽松环境外,坚持良好向上的习惯和参与各项锻炼的机会,只需努力,一切收获皆有可能。

好声音成就“幕后一姐”

季冠霖 1980 年出生在天津的一个京剧世家。小时候，父母常带她练习下腰和翻跟头等基本功，她却终没有走进梨园这一行。

高中毕业，季冠霖以突出的语言天赋和优势，考取了天津师范大学播音主持专业，梦想将来能成为节目主持人。有一次，她在学习之余被一家广告制作团队相中，请她为一段广告做后期配音。就是这样一次机会，让她意外地结识了配音界的前辈周海涛老师。工作完成，周老师主动问她说：“小姑娘，你想从事配音这行吗？”

此后，周海涛自然而然成了季冠霖的启蒙老师，季冠霖利用课余时间，在天津配音圈一连做了两年的译制片配音。

10 年前，季冠霖大学毕业后不久，在最初大半年时间里，她从“电视节目主持人”到“电台节目主持人”，再到“商场播音员”，投了很多简历，也没有找到肯收留她的岗位。

最后一次，季冠霖去一家电台应聘时，面试老师见她很着急，就对她说：“主持人这一行，几年不招一个新人，你的声音很好，可以试试当配音演员。”说完，给了她一个电话号码。走出电台之后，她急不可耐地打电话过去。接听电话的正是资深配音演员齐克建："你现在在哪儿？我这儿正缺人呢！"

节目主持人的梦想彻底破灭了。为了生计，季冠霖只得硬着头皮走进了北京配音圈。

后来，季冠霖每每回忆当时的经历，都以"苦不堪言"来形容："虽然那个时候，配音的大门已对我敞开，但没有人会给我一天时间去录1000遍，情绪不对、嘴型不能对上，这些都是配音之大忌，因为'好声音'自有天赋恩赐，而好的配音必然苦练而成，尤其需要很高的悟性。"

在如此工作生活状态下，季冠霖自2005年以来，迄今已在近200部影视作品中"代言"。从《甄嬛传》里的甄嬛到《神雕侠侣》中的小龙女，从电影《赤壁（下）》里的小乔到《泰坦尼克号》里的露丝，她们的声音都来自同一个女配音演员——季冠霖！

和所有影视演员一样，从名不见经传到一举成名，最终只需一部戏。季冠霖最为得意之作，就是给电视剧《甄嬛传》里孙俪扮演的"甄娠"配音。

最初，季冠霖在接到为"甄嬛"配音时，既喜又愁，倍感压力。甄嬛这个角色，由于孙俪演得好，看上去处变不惊，内心活动却非常复杂。有几场重头戏都是哭戏，比如甄嬛流产、果郡王死、皇帝驾崩，配音时是不能流眼泪的，否则就会声音失控，但是还要发出哭腔来。为《甄嬛传》配音极费心力，但十几天录下来，季冠霖始终觉得累并痛快着，感觉无比幸运和幸福。

有热心网友将她配音的多部热播剧精彩段落剪辑成短片，发布在网络上，引发网友热议和惊叹，大众这才知道在甄嬛、小乔背后，竟然隐藏着同一个人，季冠霖才是真正的"中国好声音"。

面对走红，季冠霖表现得格外淡定，她时常告诫自己："人生不一定要备受瞩目或享有光环，得到更多人的认可，才是我内心恒久的追求。因为我热爱配音，所以我很幸福。"

艰辛是成就梦想的沃土

2011年7月6日，总部设在美国华盛顿的国际货币基金组织(IMF)迎来历史上第一位女总裁，号称“金融界里的香奈尔”的法国财政部部长拉加德，她将副总裁职位由原来的三位增加到四位，7月12日，提名中国央行前副行长朱民担任新增设的第四副总裁。7月26日，朱民正式上任IMF副总裁，他因而成为IMF有史以来首位有着中国面孔的高层领导人。

除此之外，生活中的朱民又是怎样的一个人呢？从获知自己荣任IMF副总裁后，仍不忘自我调侃：“我就是猪头肉炒成回锅肉，一个小人物而已。”他被媒体称赞为“中国绅士”，是享誉中外的经济学家，谈吐幽默，谦恭儒雅，极为低调与平和。

朱民是一位绅士，不过是一位平民绅士。1952年出生于上海，1977年参加首次高考，被复旦大学政治经济学专业录取，是在中国改革开放背景下一步一步成长起来的知名经济学家。但不为很多人所知的是，在他乐观和优雅的生命背后，有着一段极为沧桑而又艰辛的早年经历。

16岁那年，他初中毕业，被分配到一家工厂上班，当了一名装卸工人。说是装卸工,其实就是个扛大包的,作为初中毕业的孩子,在命运驱使下,他每天都要扛两百斤重的糖包,艰辛之至,不言而喻。那时的他白天扛包气喘吁吁,精疲力竭,晚上回到家还得练习拉小提琴,这不得不让许多人感到意外,甚至难以想象,却因而养成了他乐观向上和肯下苦工的双重性格。

25岁,朱民考上了复旦大学。33岁,已留校任教的他远赴美国深造,但到达美国后发现,他的英文底子根本不够用,有时上课连教授讲的什么都听得不甚明白。怎么办呢?每一节课他都第一个走进教室,坐在第一排离教授最近的座位,利于集中精力专心听课。通常情况下,教授在课堂上的授课内容也是知识产权,是绝不允许学生录音的,但朱民为尽快突破语言关和学习专业知识,每次上课之前都跟教授说:“对不起,我的英语不好,能不能把课录音?”恳请教授网开一面,经教授同意并准许他录音,他才把课程录下来,课后再反复研习。

1990年朱民38岁,以超乎常人的勤勉与严谨,先后获得美国普林斯顿大学公共行政管理硕士学位以及美国约翰-霍普金斯大学经济学硕士和博士学位,获聘于世界银行政策局,在实践中展露非凡才华,拓宽了国际视野,迅速成长为富有经验的学者型国际金融专家。

44岁,朱民回到祖国怀抱,在中国银行任职。此后13年,他以熟稔世界各国的金融法律法规,而跻身国际顶尖金融人才圈,曾经一起工作过的同事这样评价他:“关注细节,注重数据,记忆超群,做事认真,是兼具个人魅力和顶尖专业素质的复合型优秀人才。”

2009年10月,朱民57岁时被调任中国人民银行副行长,仅过去4个月,即被时任国际货币基金组织总裁卡恩任命为总裁特别顾问。

2011年7月12日,IMF新任总裁拉加德提议任命朱民担任新增设的一个副总裁职务，理由是："他拥有政府、国际政策制定和金融市场的丰富经验，高超的管理和沟通技能，以及对基金组织的深刻理解。"誓将与朱民一起"迎接全球成员国未来面临的挑战，并增强基金组织对亚洲和新兴市场的了解"。

人生是需要情趣和精神的，朱民的人生智慧和生命品格，的确给了我们很多不一样的鞭策和启迪，而其中，艰辛就是成就梦想的沃土，只有能够承受艰辛直面苦难，才能无畏风雨披荆斩棘，最终定会在更广阔的人生乃至世界舞台上，绽放非凡梦想之花和收获丰硕成功之果。

·完成胜于完美

2013 年 5 月上旬，一位年仅 17 岁的美国女孩詹妮·拉梅尔（Jennie-Lamere）引起全美媒体的高度关注，传遍全世界，因为她第一次单独参加电视真人秀“黑客马拉松”（Hackathon）大赛，赢得最高奖。

詹妮·拉梅尔还只是一名普通的高中生，她有何技能获得最高奖？“黑客马拉松”是怎样的一种赛事？女孩似乎很难与“黑客”联系在一起，则由此引起更大轰动。“黑客”就是指利用电脑网络搞破坏或恶作剧的家伙吗？恰恰相反，此黑客与媒体报道中所泛指的“黑客”不同。

黑客正确英文叫法是“Cracker”，另有中文翻译为“骇客”，黑客是电脑网络真正的破坏者及“杀手”。从字面意义上看，马拉松是体育界的一项长跑项目，又特指那些持续时间很长的活动或事件。

在此次电视真人秀黑客马拉松大赛上，会聚了来自各路的黑客精英参加，他们中有软件开发者，有用户体验设计师，有产品经理。小小年纪的詹妮·拉梅尔以一款取名叫“Twivo”的 APP 应用程序，击败了所有参与者。

黑客马拉松也叫“黑客日”或“编程节”，原是会集软件研发人员深度合作和全程参与的软件项目活动。规则简单:一般持续十几个小时甚至一周,参与者放下一切工作,可根据兴趣偏爱进行软件开发,用双手和智慧实现一个互联网解决方案,并在活动期限内完成作品,做成产品。

是日,年仅17岁的女高中生詹妮·拉梅尔,在很多人并不看好女程序员的情况下赢得最高奖。她的这款"Twivo"简洁而优美,是为喜欢在网上观看影视剧的用户,开发出一款有关网络服务的应用插件。Twivo是"Twitter for TiVo"的缩写,可作为谷歌浏览器的APP插件,用户可根据个人需求,屏蔽尚未播出的剧集,防止前一集没看完、所有剧集的内容及评论却被提前看到的人全部"剧透"了。这正是观剧者最苦恼的体验和感受。

詹妮·拉梅尔在知名软件师的父亲的影响下,在过去的两年里已参加过5次黑客马拉松。这是她第一次单独参加电视真人秀大赛。她所提交的"Twivo"应用,势必在日后的网络观剧中发挥作用,当用户看完某一剧集后,可选择将这一剧集的评论重新显示出来,无须再承受他人经历过的观剧"后遗症"。

詹妮·拉梅尔的科技故事一经报道,即刻引起"女性与IT业"的话题讨论。某公司联合创始人表示:"这是个典型的企业家故事,找到一个痛点,然后去解决,证明年轻女孩也能成为开发者的创新资源,黑客马拉松与性别无关。"

詹妮·拉梅尔在接受媒体记者采访时说:"我没觉得女程序员有何不好,也没有夹杂任何性别歧视,但从底层做起,直到接触大项目,女生写代码,其实并没有想象的那么难,而相比学校的计算机课程,我在黑客马拉松中学到的知识更多。"

现今，黑客马拉松活动遍布全世界，每年都会在全球20多个城市分别举行，也是风险投资人把黑客马拉松视为寻找人才精英和投资目标的理想场所，被称为程序员们的“智力狂欢节”，极其火爆，甚至蔓延到传统的IT世界之外，出现了由男性到女性、从少年到大学生、并细分为专项的诸如改善教育、与自闭症斗争、清洁能源、购物指南等各类领域的黑客马拉松赛事。

那些疯狂热衷于黑客文化的软件开发者，终于能以不同的方式思考曾经没有机会专注的创意和梦想，寻找到有相同兴趣的人，共同度过一段极尽疯狂的“智力狂欢节”，谁都不会轻易错过或放弃每一次黑客马拉松大赛的机会。

在中国，智能手机风行，黑客马拉松已成为插件开发的主要源泉和形式。一群“代码控”从陌生到相识再组成团队，从开场进行激烈的头脑风暴，到激发新点子和拿出炫酷创意，非常考验首次合作的团队意识和精神。

因此，所谓黑客，不只是爱德华·斯诺登。“完成胜于完美，代码胜于雄辩”才是黑客马拉松参与者们最有力的口头禅。

妈妈的十字绣

在浙江省嘉兴市秀洲区洪合镇有一位姓陆的妈妈，为履行她和儿子之间的诺言，自三年前开始亲手绣制北宋画家张择端的工笔画长卷《清明上河图》。她信守承诺，坚持不懈，历时长达40个月，终于在约定之前大功告成，儿子却为此而无言哽咽，流下感动的泪水。

事情起因还要从头说起，那时儿子在读初中二年级的下半学期，暑假里的一天晚上，由于他原本就比较贪玩，妈妈看到他的学习成绩非常不理想，忍不住数落了他几句。哪知，儿子却极度任性，冷不丁蹦出一句话："妈妈，你说我读书一定要有毅力，别老是嘴上说说而已呀，你也用毅力做一次事给我看看，绣个《清明上河图》的十字绣出来，给我做个榜样。"

妈妈听他这么一说，不禁倒吸一口凉气，因为十字绣本来是她的一个业余爱好，甭说绣一幅《清明上河图》，即使绣一块小小的手帕，最快也得绣一个月，儿子竟然以此将她一军。但儿子的话既然说出了口，妈妈便横下一条心，当即和儿子打赌，母子对话就成了母子之间一个不变的承诺。

陆妈妈心想，如果我花五年时间绣出《清明上河图》，五年后的儿子在读高中三年级并参加高考，也将通过努力考上了大学，到那时岂不成了两全其美、双喜临门的事？

儿子升至初中三年级，新学期开学，她同时和儿子展开毅力比赛，花两千多元钱买来用于绣《清明上河图》的模板和各色丝线。然而，当所有材料摆至面前时，她还是感到出乎意料，格外惊呆了，光丝线的颜色就多达 87 种，装在半米多高的纸箱里，再把这些丝线绣成《清明上河图》，该是多么庞杂而又艰巨的工程和任务啊！

但开弓没有回头箭，一言既出，驷马难追，她稍作简单规划，立刻行动起来。从此后，她每天坚持白天上班，忙于生计，晚上回到家，做完家务便即刻坐下来绣十字绣，一坐就是三四个小时。

据称，一幅原版完整的《清明上河图》宽 24.8 厘米，长 528.7 厘米，且在 5 米多长的画卷里，共绘有 550 多个各色人物，牛、马、骡和驴等牲畜共 50 多匹，车、轿和大小船只各有 20 多处，房屋、桥梁和城楼等特色迥异。

她坚持绣了一年多后，有一次，儿子主动走过来，心疼地和她商量："妈妈，别绣了，你这样一直绣下去，会伤眼睛和伤身体的。"她却一脸坚定地说："妈妈不是答应过你吗？我必须坚持绣完《清明上河图》，不过你答应过妈妈的事情，也要努力做到，读书一定要有毅力啊。"儿子听了她的话，眼泪已忍不住地流下来了。

陆妈妈连续绣了三年零四个月之后，她的十字绣《清明上河图》终于提前完成，才把这幅十字绣交由一家装裱店进行装裱，并据当地一家十字绣店的店主估价，至少价值 25 万元人民币。

然而，当有人出更高的价格来购买时，陆妈妈一概婉言谢绝。她说："别人给再多的钱也不卖，我就是要把它装裱起来，放在家里让儿子看到，牢记我们最初的承诺和约定，做任何事情都不能半途而废。"

三年多过去了，儿子已读高中二年级，作为妈妈，长时间以身作则的坚持和毅力，无异于一场系统的特殊教育课，对他的成长早已产生深刻而又深远的影响，大大改善了他的性格和为人。陆妈妈最后欣慰地说："为儿子今天的成长我苦了三年多，为儿子明天的希望我所有的坚持才是最值得的，结局堪称完美，意义更是无价。"

· 有一种生活叫阳光清新

对于“宅”惯久了的宅男宅女们来说，宅，不单单是一个字，已是一种生活状态。

王东是一个典型的IT男，2008年毕业于上海同济大学艺术设计专业，硕士学历。他的职业是某公司的设计师和项目部经理，在高新科技园区直接象征着高端的技术、可观的收入和无尽的远景。平时在公司里上班本就很忙，忙完工作后回到家中，基本就是一个人的世界，逢双休日更是足不出户，没有人陪伴，也没有交际。

2011年3月，王东和女友分手之后，宅在家里一个多月，先前手机非常熟悉和期待的呼叫铃声也不怎么响起了。最为显著的变化，就是他更加沉默寡言，居然不会开口说话了一样，每天过的都不像是人类的生活。王东就想改变这种刻板地依赖电脑和网络的虚拟状态，以及不工作就喜欢宅在家中悠闲散漫的现实状况。

王东很快发现工作圈里同事们的经历和生活状态十分类似，同时也意识到一个人总宅在家里，脱离群体，没有社会交际，身体和心理渐渐地也会处于亚健康状态。于是，他设身处地地思考了一番后，就有了创办一个网络交际平台的想法，通过这个网络平台，凝聚和促使更多宅男宅女从网络世界走向现实生活中，帮助宅男宅女们拓展交际圈，于人于己，岂不都是好处多多又多多益善的事情吗？

有一次，王东在公司和几位要好的同事闲聊时，把自己创办网站的想法说了出来，更让王东意想不到的是，这竟引起同事们的强烈共鸣，这几位同事仿佛遇到了知音。因为在工作之余，他们几个的生活比王东的“宅”都有过之而无不及，早就想逃离宅生活了。接着，王东和同事们进行了反复分析，首先将“拒宅网”的名称定了下来，其意义简单而明了，拒宅就是拒绝宅在家里的意思，经论证后发现“宅人类”之所以宅，无非是要么无人陪，要么不知道去什么地方玩。

2012 年 2 月 22 日，这是颇有意味的一天。拒宅网选择这个很“二”的日子上线，足见王东和同事们那难以言说的心态、轻松美好的愿景以及积极迫切的心情。但仅仅过去了 3 个多月，每月的注册用户都超过了 1 万人，网上网下发起的活动也都是一呼百应，大家都热情高涨。

按照王东和同事们的设计方案，拒宅网设置了两大板块，一块是找伴儿，一块是出去玩，两大板块都“点”中了宅男宅女们的“要穴”。

打开拒宅网首页，找伴儿的呼唤不绝于耳，出去玩的好主意五花八门。

王东在前期网站宣传后，“找伴儿出去玩”的拒宅理念在宅男宅女中产生了广泛影响和共鸣，也引起了媒体的关注，在宅男宅女互助和关爱、拒宅自救和心理解读等方面，被媒体誉为宅男宅女的“拒宅器”和阳光清新的社区。

2012 年 5 月，在一次由拒宅网策划组织的微博求婚线上线下活动中，同时撮合 5 对宅男宅女成了恋人，这只是公开的保守的数字，实际配对成功的有情人肯定会更多。其中,有一个宅男在拒宅中自行策划了一场浪漫的微博求婚,他在QQ群里号召大家:“我想在第1000条微博里向她表白,希望得到你们的围观。”

于是,就这一句话,又再一次掀起了一股围观热潮。

作为拒宅创办人的王东始终保持清醒的认知,强调拒宅和同类其他婚恋交友网站是有所不同的,他们强调爱情的化学作用。宅男宅女们厌倦了诸多婚恋网站单刀直入式和物欲横流式的交际模式,想要成功婚恋,必然要拒宅。在拒宅模式里,不是直接以结婚为目的的相亲活动,而是在聚会或旅游过程中聊上了,把从前的那种邂逅的浪漫找了回来。拒宅打造了一个阳光清新的网上社区,最终成为宅男宅女们尽情享受走出户外挑战极限乐趣的平台。

曾经,有一种渴望叫“逃离宅生活”,有一种美好叫“找伴儿出去玩”。现今有一种行动,从封闭空间走向阳光天地,让生活充满清新阳光。

“拒宅一族”就像所有用户最初进入随性而为和无拘无束的宅生活一样充满吸引力,并与宅文化相对应,因其倡导亲近大自然、爱好户外运动和渴望真实质感等健康有益的生活方式,受到越来越多年轻人的追捧。

码农“变身”音乐家

王戈的真实身份是个典型“码农”，曾是美国斯坦福大学计算机系教授。2008年，还是助理教授期间，他联合创办了一家专注于移动音乐应用与开发的公司，这家位于美国旧金山硅谷的Smule公司，后来被誉为移动社交音乐的先驱。

王戈出生在一个有着浓厚音乐氛围的家庭，9岁时离开北京，随父母定居美国，13岁时拥有属于自己的第一把电吉他，后就读于普林斯顿大学，学的是电子计算机技术专业。此时，音乐则是他诸多业余爱好中的一个。

大学毕业后，王戈留校继续深造，攻读的是音乐及声学计算机专业。如果没有攻读研究生，他大学一毕业或就成了典型的码农，但在攻读音乐及声学计算机专业后发现，如果把各种不同的元素和模块架构起来，可让不是乐器的计算机也能变成乐器。随后，王戈继续攻读博士学位，并创作出一种名为“Chuck”的音乐编程语言，开创了他的第一个“计算机交响乐团”，用自创的Chuck音乐编程语言，把一串串代码幻化成音乐。

王戈进入斯坦福大学工作，担任了杰弗里·史密斯博士的助理，二人很快成为事业上的合伙人。最初，王戈专心于教学和学术研究，并没有开公司创业的打算，他在这一年的主要兴趣，依然是把冰冷的代码编织成鲜活的音符，演奏音乐。

这时，美国苹果公司的应用商店上线并向软件开发师开放，手机软件开发者纷纷上线编写代码或发布自己的APP软件。机缘巧合下，王戈也编写并发布了一款名为“Ocarina”（陶笛）的APP程序，仅上线4天后就冲到了各类应用下载排行榜的第一位，持续时间长达3周。

按王戈的话说，这款Ocarina软件，其实是把人和手机的关系，借助手机里面的声音感应器，变成人和乐器之间的关系，打开Ocarina软件，你的手机便成了一个“数字化”的乐器陶笛，即可用手持陶笛的方式捧着手机，用嘴对着手机话筒吹气，伴随着手指动作，就能像吹陶笛一样，让你的手机发出音符。在当时，这种人机交互并能吹奏音乐的手机应用，重新界定了乐器概念和机制。

王戈又以此前的灵感和技术为支撑，与教授杰弗里·史密斯博士联合创办公司，取名为“Smule”，并很快获得种子资金160万美元，王戈摇身一变成了联合创始人兼首席技术官。这样一来，王戈便在用手持设备编写音乐的同时，继续做音乐及声学计算机领域的学术研究。对王戈而言，开发产品只是兴趣的一个延伸，并非初衷。

一直以为，王戈在教学和学术研究领域如鱼得水，不仅当上了大学教授，还在全球TED大会上，以边演讲边演奏的方式，介绍了他的“计算机音乐”及其未来与世界串联的构想。

一年后，王戈退出教学和学术工作，利用自创的Chuck音乐编程语言等科技手段，继续玩他的音乐。开发的系列手机APP累计俘获全球上亿用户,用他的话说:“音乐门外汉也能瞬间化身音乐家,演奏出美妙的奇幻音乐,让更多的普通人‘分享你的存在’。”

已是首席技术官的王戈带领团队人员,虽已累计开发了音乐、演唱及视频等10多款手机应用,获得超过千万美元的多轮融资,但在公司的账上,仍未能实现收支平衡。不过王戈对此并不担心,此时他已建立起一个全球性的音乐社交网络及“计算机音乐”的概念和理念。

王戈留着及肩长发,风度翩翩,就是这样一位拥有着大学教授头衔的“音乐顽童”,是工程师,亦是音乐师。此后多年,他又组建自己的“膝上电脑”管弦乐队和“智能手机”交响乐团,让高科技智能产品,通过演奏也能发出美妙的音乐之声,不断尝试改变音乐的呈现形式。

比如,王戈用Ocarina软件,可以让手机瞬间变成乐器陶笛,演奏者只需对准话筒轻轻吹气,陶笛之声即刻在演播室内回响,明快音色宛如美妙天籁,令人沉浸其中。另外,王戈所用来演奏和演示的设备,犹如一支管弦乐队,演奏者通过传感器跟自己操控音乐的身体串联起来,实时侦测双手的演奏动作,平板电脑也变成了魔法钢琴,随着指尖跳跃,琴声便流淌而出。

再比如,神奇的压线音箱,看似平常的几根线,竟在拉拉拽拽中发出地狱般的诡异声响;地铁进站的寻常声音在王戈手下变成了丰富的和弦,组成一首美妙的乐章;将传统的钢琴键盘设计成手机界面上坠落的圆点,用户敲击这些圆点同样能够发声等,一款全新的APP应用让人自由地演奏甚至创作出自己的曲目。

王戈与其他20名工程师花了3个月的工夫,研发一款叫作“魔术提琴”的软件,以此希望任何人不必太伤脑筋就能玩乐器,自由自在享受创造的乐趣。这些由王戈带领的技术团队开发的系列音乐应用,成了全球性的大事件，也使得Smule公司在创办5年后扭亏为盈。

三年前，王戈彻底脱身退出大学教授之职，将全部身心转向公司产品的技术开发，继续着他的“音乐”事业。这时，全球有2500万人通过Smule公司的手机应用，下载总量超过1个亿，演唱歌曲40亿首，每天记录有1.5万亿字节的音乐，其移动音乐平台上创作的歌曲至今已超过7.5亿首。重要的是，全球有超过35万个付费用户，占据销售总额的85%，Smule公司盈利4000万美元。

相比传统的乐器，更神奇之处在于，通过Ocarina软件，你还可以聆听到世界上任何一个地方、个人，同样通过Ocarina软件传递出的任何一种声音。也就是说，你吹奏的音乐，与此同时或被世界上某个地方的某个人所倾听着，着实奇妙。

Smule公司的系列音乐APP则更像是音乐中的玩具或游戏，任何人不必太伤脑筋就能玩乐器，大大激发了使用兴趣，创作音乐的“门槛”也降低了，每个人都能自由自在享受创作音乐的乐趣，找到打开音乐创作之门的钥匙。

创者无疆，思者无界，计算机音乐未来能有多少种可能？回忆自己的“音乐顽童”之路，王戈坦然地表示：“过去的编程是看电脑能做什么，而现在和未来，编程就是为了看人能够做什么。能把市场用户和商业模式结合起来，做出有魅力、有吸引力的新产品，兴趣是最好的老师，不仅能够遇见无限可能，也能让更多的普通人玩音乐，且玩得了音乐。”

第三辑

有梦的人生才精彩

愿望是一种需求，而梦想却是一种目标。愿望人人时刻享有，而梦想却仅能成为少数人的勋章。愿望是孩童思绪的短暂停留，而梦想却是植入强者心田的一团不灭火焰。愿望是最低层次的梦想，梦想是最高层次的愿望。一个人要想亲吻成功的奖杯，满怀多少愿望都是远远不够的，而坚定一个梦想才是真正的必由之路。

愿望与梦想

幼时很喜欢玩玩具，有一次我要买一架飞机模型，父亲很不以为然地说："儿子，我有能力买，但我不会给你买。"我感到十分不悦："为什么不给我买？难道你不爱我吗？你真是和别人的爸爸不一样。"

父亲极有耐心，继续说："其实，你的这个愿望很轻易能够达到，但除了这个小小愿望，你就没有更远大一些的梦想了吗？得不到一架飞机模型，就让你这么愁眉苦脸，太不值得。"

我听他这么一说，非但没能驱散我心中怨气，反却更加剧了我失望的心情，因为我的确分不清什么是愿望，什么是梦想。而且，它们之间有何不同，和我又有什么关系呢？

当天回到家，父亲开始为我亲自动手制作一架飞机模型。他仿佛要用实际行动告诉我这两个词组的要义——要想实现愿望，一方面，从来不止一条路或一种方式；另一方面，也是更重要的，必然是依靠自己亲力亲为来实现。

梦想则不同。听起来确实要比愿望远大很多，也更执着和纯粹。愿望可能是暂时的，梦想却显得自始至终非常决然坚定。

果然不久，我对飞机模型失去了兴趣，不再执意要拥有它了。这时候，父亲亲手做的飞机模型已经完工，看上去比玩具店里卖的还要大一些，虽然是木制的，当他交到我手中时，我依然兴高采烈地接受了它。

到了晚上，我独自躺在床上，手持飞机模型，宽展的双翼，流线型的机身，高高举起，让其做出滑翔、俯冲、侧飞、翻转等各种难度动作，不由得陷入了诸如鹰击长空、蓝天翱翔之类的无边浮想和无尽向往之中。

随着年龄增长，长大之后我才由衷地意识到，人在生命的长河和阅历中，各种大大小小的愿望原来是一个接着一个的，实在产生过不少，经历过很多，快则一念之间，慢则不到半年几个月，大都可以一一实现。

只有梦想，弥足珍贵。细细回想，我原来那久远的曾经仅有的一个梦想，至今还没有胜利达到或者完成，正是因为愿望永远在此岸，梦想在彼岸，我得努力积蓄能量，才能奋勇抵达。

梦想犹如理想目标一样的概念，仿佛所有的愿望加起来也抵不过一个梦想。愿望很近，梦想很远；愿望很小，梦想很大……梦想永远是指定志向的信念，探向顶峰的力量。

如同拥有一架飞机模型是愿望所及，那么，能够亲手制造一架真正的航天飞机才是梦想所在。尽管有的人的梦想，一辈子也成就不了。如果你是一个拥有传奇梦想的人，就应该将梦想的神话进行到底。

愿望是一种需求，而梦想却是一种目标。愿望人人时刻享有，而梦想却仅能成为少数人的勋章。愿望是孩童思绪的短暂停留，而梦想却是植入强者心田的一团不灭火焰。愿望是最低层次的梦想，梦想是最高层次的愿望。一个人要想亲吻成功的奖杯，满怀多少愿望都是远远不够的，而坚定一个梦想才是真正的必由之路。

天比母心

1

我家在豫东平原的一个小村落，早年记忆中，母亲白天总是忙着农活，回家时天已黑尽。那时，我还小，躺在母亲怀里，不停地哭着喊饿。我天生脑拙口笨，快上小学了还数不清自己的手指，但母亲很有耐心，常常掰着自己的手数给我看。

我读三年级的时候，有一天母亲来学校看我，却发现我坐在教室门口。面对母亲疑惑的询问，我欲言又止，低着头不说话。原来我的座位经常被同学强行换来换去，我总找不到最初的座位在哪里。母亲拉着我走进教室，强行为我抢到一个座位。

有一天放学，我被一个同学喊住陪他玩扑克牌，最后收牌的时候，同学硬说应该有55张牌，少了一张，要我赔。我没钱，只好偷了家中鸡蛋给他，哪知同学说牌很贵，我偷了半个月的鸡蛋，仍未还清。母亲知道后，找到那个同学大闹一场，要回10个鸡蛋，算是了结了这件事。

五年级时，我被一帮同学欺负，被追了几里路，不敢回家。母亲寻上门去理论，说哪个人再敢欺负我，别怪她不客气！但我已经不愿意再回学校读书。母亲只好亲自送我，直到交给老师，可她在回家的路上却泪流不止。

初中时，我在镇上读书，要住校。别人家拿细粮，家里困难母亲只能给我拿杂粮馒头。我各科成绩都落后，可母亲不死心，也不气恼，照样给我准备好馒头，让我继续读书。大家都劝她，不如让我回家干活，倒是有一身力气。母亲却坚持着，她不信栽下苗，会长不成树！

三年过去，我知道中考无望，决定放弃考试，回家帮母亲干活种地。母亲听了，抡起锄头吼道“你敢！”考试成绩下来，果然榜上无名。本以为这次可以回家帮母亲干活了，可母亲又把我送回学校复读。

复读一年，仍是名落孙山。这次母亲不再阻拦我下地干活，可当我说，娘，我不上学照样能养家糊口时，母亲骂道：“真没出息”，并斩钉截铁地撂下两个字：“再读！”

由此我懂得，世间有一种母爱叫信念。

2

这一年的中秋刚过，我和母亲都各自经历了生命中不同寻常的第一次。第一次出远门，第一次坐火车，第一次走进大城市……

这次进城却是为我治病。

经过复读，我终于以很好的成绩考取了省城的一所中专学校，可体检时因为心脏有问题，最终没能被录取。

母亲知道后，泪流满面，极不甘心，难不成这么聪明的一个孩子，却因为身体原因，就这样毁了前程吗？

母亲说：“我生了你，却没给你一个健康的身体，就是砸锅卖铁，也要把你的病治好。”就这样，她怀揣东拼西凑借来的钱，带我踏上了进城治病的道路。

母亲为了筹钱，在这一年狠心种下了四亩多地的棉花，没日没夜地在田里劳作。到了秋收季节，家里也没筹够钱，母亲只好四处奔波借钱。家里养的鸡下了蛋，她一个也不舍得吃，小心翼翼地收好，作为上门礼品送给借她钱的亲戚。

在省城知名的大医院，母亲很豪壮地从贴身衣服里抠出厚厚一沓钱的住院费，重重地拍在柜台上，急切而义无反顾。

住在病房，等待和接受一次次会诊的时候，我担心着已经几天没见的母亲，怕她在这人生地不熟的地方会走丢，怕她为了省钱在外面苦了自己。后来才得知，母亲送我入住医院的第二天，便返回乡下，家里还有一地的庄稼等待她亲手收割。

永远不会忘记，当我手术后醒来时，陪在身边的是从乡下赶来的哥哥。当我问他，娘呢？哥说回家凑钱去了。

半个月后，我康复出院。走出医院大门的那一刻，顿然感觉到“健康”二字之于生命的要义，胸中如重新拥有一颗更为强大的心脏一般，充满激情和活力。终生不会忘记，回到家中的那天，已是秋深霜浓。走进我家的低矮院落，看到母亲一头花白凌乱的头发，衣衫单薄地蹲在地上，正拾掇着刚从田里收回来的棉花，忍不住激动地喊了一声：“娘，我回来了。”止不住流下了眼泪……

那一刻，我从母亲的身上感悟到，时刻拥有一颗坚定不移的强大内心，才是坚不可摧地转变人生命运的法宝和武器。

3

母亲顶住外界的冷嘲热讽，让我重返校园，继续支持我的学业。这时候，我心无杂念，寒窗苦读。我对母亲发誓说："娘，你不仅生下我，还给了我第二次生命，如今我的病痊愈了，有了一颗健全的心脏，你为我做了那么多，这次看儿子的吧，我绝对不会让你失望。"这时的母亲已泪流满面。

几年后，又是一个秋天，我以全校第一名的成绩，考进一所名牌大学。我拿到录取通知书时，跑回家报喜。母亲却不在家，我飞速赶到自家棉田。

毒日当头，老远看见母亲瘦小的身影。我跑过去兴奋地说："娘，我考上了，你看这是录取通知书。"母亲望着棉田，很平静地说："考上考不上，那是你的事，我的事是这四亩多地棉花，结了棉桃，卖了钱，也都是你的了。"

看着母亲一手老茧，手指都裂开了，我忍不住一阵心酸，上学需要很多钱呀！母亲用双手接过我的录取通知书，看了一遍又一遍，最后哽咽地说："你好好读书，钱的事不用操心，娘心里有数。"

旧债未清，又添新债，我的心一阵阵揪得生疼。母亲看出我的心思，却没有多想，依然淡淡地说："你走吧，这个家留也留不住你，只是你无论走到哪里，都不要忘记那些帮助过咱的人，其实娘没为你做过啥，在娘心里，永远欠着你一个好的身体。"

这时候，我才意识到，母亲一直挂在心头的还是我的病和治病留下的后遗症。我安慰母亲，我的病早已治好，我就是一个健康的人了。

母亲又开始暗地里四处借钱，为我筹措盘缠和学费。这一次，母亲没有陪我远走他乡，在我走出家门时，她示意地挥一挥手，以此告别，又转过身，将农具扛在肩上，踩着氤氲的晨曦，向着村外的田野走去。这时，我没有也不敢回头，汹涌的泪水已经模糊了前方的路途……

有人说，天比母心。此时此刻我终于明白，多少年来，母亲为了我的人生和命运，心比天高，心比天大，完全超出了人们的想象。

留只小板凳陪孩子长大

三年以前，曾强一直在国内或国际广告公司担任要职，其创意作品曾获得多项国内外金奖或全场大奖。在他看来，创意人就该有很多想法，会催生很多个人爱好，而家居设计是他优先想尝试的选项。两年前，一个偶然契机，创办“十二时慢”木工房，意为时光中的每分每秒，只有把时间交给木头，才显出更慢更长，用精工细琢打动木头，放缓生活。

直到有一天，太太无意间回忆起小时候坐过的小板凳儿，动情地说：“小板凳儿丑丑的，曾经坐着它吃饭、过家家、写作业，可如今，早已不知被丢到哪里去了。”执意要他也做只小板凳，当作礼物送给女儿。曾强听太太这么一说，心想这还不容易吗？一定做一只能陪伴女儿一起成长的小板凳，希望小板凳能成为女儿的美好记忆。

紧接着，曾强开始利用业余时间进行草稿设计，竟先后五易其稿才感觉满意，但做出来既想它好看，又适合女儿搬来挪去，坐得舒服，则让曾强仅摸清制作工序，了解各种材质、工艺和器械，投入大量时间和精力，亦非简单的事。

不知不觉，一年过去了，曾强从家具结构、组装原理到木头材质，越是深入学习木工工艺，越觉得有意思。重要的是，曾强在此过程中，结交不少木工爱好者及制作人，索性组成一支木作团队，取名“十二时慢”，共同打造他们心目中的小板凳。

曾强认为，设计和制作一只小板凳，谈不上复杂，但作为陪伴小孩子的礼物，却饱含着满满诚意和爱，因此要采用上佳材质和工艺。当第一只成品小板凳做出来，送到女儿手边时，女儿一见倾心，感到非常满意。随后，曾强把小板凳图片传至朋友圈，同样引来一帮妈妈们的欢迎，纷纷请求量产，送给更多家庭的孩子们，在每一只板凳背后刻上小主人的名字以及出生日期，意义更大。

现今，“十二时慢”木作坊创办以来，团队成员中有影视制片人、创意设计师、老木工师傅和木艺爱好者等，皆是喜欢满世界寻找有趣事物的木友。“十二时慢”木作坊即成了他们切磋交流、放松娱乐的场所，甚至不断有新人慕名到访和参与学习。“十二时慢”作为颇具国际范儿的团队组合及本土品牌，也预示着他们的做事态度。

指尖上的追梦男孩

2012年3月上旬，一则“南京小男生获得42000英镑（约合42万元人民币）奖学金，敲开最牛音乐学校大门的新闻”登录各大媒体和网站，13岁的吴韵喆考入号称“音乐天才培养摇篮”的英国梅纽因音乐学校，他有一个非常特别而又自称为“非暴力虎爸”的父亲。

少年小提琴手吴韵喆是如何报考并成功入读这所天才学校的呢？据称在20世纪八九十年代，中国内地已有4人毕业于此学校，其中包括享誉世界且被国际权威音乐杂志*The Strad*誉为“难得一见的天才”的中国小提琴家吕思清。

建校于1963年的梅纽因音乐学校，因创办人是犹太小提琴大师耶胡迪·梅纽因勋爵而举世闻名，校址就坐落在英国伦敦西南部一个叫苏莱郡柯浦汉镇的乡村里，环境优美，却几乎看不见校牌。近半个世纪以来，学校只招收8岁至18岁来自世界各地的“天才”学生，秉承以孕育杰出的音乐英才为己任，成为全世界无数琴童梦寐以求的音乐圣殿和梦想摇篮。

早在2011年，吴韵喆12岁时一共报考了三所院校，全被录取并获得奖学金后，最终选择了仰慕已久的梅纽因学校。一直以来，梅纽因很少有住校生，吴韵喆从世界200多名报考生中脱颖而出，顺利通过潜力面试，按照学校规定必须住校三天，继续考察他是否能够融入学校的教育活动和课程生活。

吴韵喆并非来自一个音乐家庭，其父母的培养方式并不严厉苛刻，而是完全出于爱心而采取智慧接力的培养，和儿子一起追梦的结果。

吴韵喆6岁时开始学拉小提琴，一个月后就梦想着将来要当一名小提琴家，因为虎爸曾经告诉他，小提琴家不仅可以到世界各地演奏，更重要的是可以去很多地方玩儿。因此，最初的吴韵喆正是奔着周游世界的畅想，踏上了直奔英伦小提琴音乐家的追梦之旅。

在吴韵喆学琴过程中，虎爸一方面想方设法帮孩子拜师学艺，一方面做儿子的“经理人”，身体力行，事必躬亲。6年来，吴韵喆在国内外共拜过9位老师，每一个老师都很喜欢他，但求学之路无疑是一程比一程艰辛。有时为了去上一个小时的琴课，父子俩坐火车往返于南京与上海之间，虎爸和儿子一起去学琴；有时全家齐出动，风雨无阻，骑车数十公里，虎爸就是忙前忙后的“经理人”，虎妈也要忙着记笔记，为儿子保驾护航。

在读书过程中，吴韵喆可以不做奥数题，但不可以不参加体育锻炼，英语不一定学得很棒，但一定学习好虎爸自编的古汉语教材。吴韵喆在读小学三年级时，虎爸甚至给小学校长写信及面谈，以三点理由让儿子休学一年在家自学，更是对家庭亲子关系、学习氛围和孩子自身发展条件充满自信的考量。最终在一年后，吴韵喆直接跳级到五年级继续就学。

虎爸俏皮地说：“不懂文言文，枉作中国人嘛。”所以，吴韵喆在出国前的最后半年，语文学习的第一重点就是古代汉语。

正是有这样一个挺特别的虎爸，和他一起学琴，和他一起玩耍，和他一起追梦，吴韵喆才有了更宽松的成长环境和更广阔的想象空间，梦想的翅膀才更加扩展舒适，有助于他后劲发力，奋力腾飞。

和孩子一起追梦的虎爸在接受媒体采访时说："孩子是家长极其重要的一部分，但不是家长生活的全部。在和孩子一起追梦的过程中，我从没有把所有精力放在孩子身上，我也有我的事情和工作要做，但孩子要追梦，要当小提琴家或别的什么，那么我就帮他追梦，和他一起追梦。"吴韵喆也被媒体喻为"指尖上的追梦男孩"。

我就是敢于做梦

有一位美国老人，名叫谢尔登·阿德尔森，自小在贫民窟长大，因为敢于做梦，12岁以报童起家开始创业，打拼40多年成为全美第三富翁。74岁时财富一下蒸发90%，继续打拼再登富豪榜。这个老人的跌宕人生路就像坐过山车一样惊心动魄，而他却是世界上财富增长速度最快的有钱人，不能不说他既是不可复制的奇迹，更是令人叹为观止的神话。

0岁：1933年出生，全家6口人只有一张床和一间房，挤住在美国波士顿的一处贫民窟里。父亲是一名出租车司机，母亲为生计在家中干些缝纫杂活贴补家用。

12岁：在贫民窟长大的他，跟叔父借钱200美元，租下街边两个摊位，开始卖报纸创业，这一干就是8年。

20岁：结束在街头颠沛流离的生活，敢于做梦，不断发现并抓住商机，卖洗发水、剃须膏等给汽车旅馆。随后当兵以及考取大学学习公司理财，走出校门，做贷款经纪人、投资顾问和理财咨询师等职业。

30—37岁：前往纽约寻求梦想和发展，从事媒体广告业务。尝试无数行业,成为一名管理着500万美元基金的风险投资家,大到原子能源小到宠物商店,成功投资75家公司。1969年股市大崩盘,他损失惨重,但很快抽身投资圈,进军房地产业。没过多久,他唯一的业务受到重创,房地产生意就此关门。在加利福尼亚一次由一家杂志主办的房展中,他再次看到机会。次年3月主办第一场会展,全美国科技产品经销商闻讯而来,展览规模越办越大。

46岁:1979年他通过自己投资的一本计算机杂志,在拉斯韦加斯创办计算机供货商展览COMDEX以100美元一个摊位的价格向主办地政府租赁展览场地,再以50倍高价租给展商,积累下巨额财富。20世纪80年代,计算机业蓬勃发展,COMDEX展览会很快成为全球最大的计算机展会。

50—56岁:迎来IT业黄金时代,人们无不想对COMDEX展览会上最新科技产品一睹为快,比尔·盖茨、史蒂夫·乔布斯等IT界财富英雄的演讲更是展览会吸引人的重头戏。8年后,参展商已达2480家,参观者超过21万人。1989年,他以1.28亿美元买下旧金沙赌场酒店,并建起美国首家由个人投资并拥有的金沙展览中心,以此转战并不熟悉的博彩业。

62—66岁:1995年被人称为"会展之父",以8.6亿美元高价将COMDEX盘给日本软银,此交易令他成为真正富豪。投资15亿美元炸掉金沙赌场酒店。4年重建,占地63英亩,把它与美国最大会展中心相连,建一座堪称全球投资最庞大的集住宿、娱乐、博彩于一体的"威尼斯人度假村",确立他在拉斯韦加斯的富豪地位,并将博彩帝国延伸到亚洲,在中国澳门投资澳门金沙娱乐场,在新加坡建设滨海湾金沙酒店。

70岁:2003年身家超过30亿美元。不到3年,以每小时赚进近100

万美元的速度，迅速拥有205亿美元，购买私人飞机14架，成为全世界最大的私人飞机群。2007年财富上升到280亿美元，位于《福布斯》全球富豪排行榜第6位，在美国排名第3，仅次于比尔·盖茨和巴菲特。74岁登上人生最高点。

74岁：2007－2008年，金融危机爆发，旗下金沙集团股价下跌，一年之间损失250亿美元，财富缩水超过90%。从谷底到顶峰花了40多年，从顶峰坠落谷底却只用一年。但他从顶点跌入谷底后再次登上顶峰，不得不说是一个奇迹。

75岁：谢尔登·阿德尔森的左腿饱受神经病变的痛苦，走起路来只能靠一根拐杖支撑，但就是这么个老人依然敢于做梦："总有一天我的财富要超越比尔·盖茨，变成世界首富。"然而，当被问及他的财富还差比尔·盖茨300亿美元，是否有兴趣回到从前的排位时，他的眼睛豁然发亮，最后这样回答："为什么不呢？我就是敢于做梦才拥有今天的财富。"

人生的方向不止一面

11年前，加拿大人贝利沃苦苦经营多年的生意不幸惨遭破产，深受打击，人生的挫败感时时侵蚀着他的身心，终日寝食难安。为排解内心的压力、倦怠和消沉，寻求心灵上的安静、平和与激越，贝利沃决定去远方旅行。

一切准备就绪。他身背简单行囊，手推一辆装载着睡袋、衣物和急救箱的婴儿车，从加拿大的蒙特利尔市出发。确切地说，按照出门前的规划行走，他要去做一次长久的环球旅行，而且这一别就是整整历时11年，步行穿越64个国家后，才回到自己的起点——家中。

沿途，他翻山越岭，横渡沙漠，吃过昆虫，睡过桥墩。他的行动被联合国教科文组织发现，贝利沃又毫不犹豫地响应号召，肩负起沿路宣传反对虐待儿童理念的义务重任，徒步旅行才具有了新的重大意义。

但一个人，历时11年，并非是一朝一夕那样短暂。漫漫长路，孤独难耐，贝利沃坚持长时间走下去的决心和勇气，正是源于背后远方亲人们的支持。在过去的11年里，他克服疾病的缠绕，躲过醉汉的抢劫，排解想家的寂寞，承受被不明扣留的无助……沿途经过处，他更多地看到人与人之间的和谐,赢得异国他乡陌生人的赞许,受到荷枪实弹的士兵护送礼遇,有时和流浪者同睡在避难所里,时而被好心人邀请至家中同餐共宿……然而,他和远方亲人的心时刻拥怀在一起,从未分开。

11 年后,贝利沃绕过最后一条路线——世界第十四大湖安大略湖北岸进入加拿大,途经首都渥太华回到阔别已久的蒙特利尔家中。环球旅行长达 11 年,而贝利沃的步履依然是那么轻盈,让人丝毫感觉不到他的双脚已经徒步行走了 7.5 万多公里。这时,尽管他已 56 岁,但满脸轻松,容光焕发。

贝利沃在接受迎接他的记者采访时说:“我想告诉大家,不要气馁,也不必逃避,你可能一时改变不了挫败的危险和打击,但你依然可以改变自己人生的走向,重新起步,东山再起。最终,你从哪里来,还是要回到哪里去……”

诚然,正如他所说,挫折甚或失败之于生命本真和人生旅途,实则不是最紧要和可怕的。条条大路通罗马,只为天堑变通途,而能及时地因势利导,化被动为主动,或一桥飞架,或迂回前行,都是决定你在另一条路上,依然会有崭新的转变、成功和成就。

因此可以说,一个人的人生从来都不是单方面的,只不过贝利沃以环球旅行的方式实现了他的另一种梦想和目标,同时也在环球旅行的漫漫行走中完成了自我救赎。人生的方向不止一面,而最终,那些旅途中的所有过往和坚持,才都已赋予了新的更多的价值和意义、快乐和幸福。

输在起跑线上不等于输

小时候，他喜欢玩三节棍、飞镖之类的自制玩具，上小学时，他喜欢每天去教室外的操场上跑步、打球，而待到读书考试时，他却快乐不起来了，学习成绩总在众人之下，班级排名位居倒数。

小学三年级时，他由上海来到成都，和爷爷奶奶一起生活。在转学过程中，由于入学考试不合格，本应入读四年级的他只得留级，再次从三年级读起。

中学时，他比较喜欢的课目是历史和地理，对数、理、化课目感到非常头疼。为此，父母请来了学校里最好的老师为他补课，但他的学习成绩仍是提不上去。

16岁那年夏天，一家留学机构到成都招考留学生时，他正在读高中。面对这一机遇，全家人也觉得与其让他苦苦煎熬，成绩倒数，不如让他换一个生活方式，无奈之下做出一致支持他留学的决定。几天后，他带着一种“胜利大逃亡”的心境，踏上了赴美国留学的旅程。

然而，到达美国后他惊呆了，本以为想象中的美国遍地高楼林立，而最终到达的竟是一座乡村中学，位于美国西岸俄勒冈州中部一个叫密歇尔的小镇上，全镇人口只有350人，而作为镇上唯一的一所中学，全校学生还不到50人，他惊讶得目瞪口呆，说不出话来，心理落差降至最低点。

但他还是安心待下来了，并很快重新找到了自己的快乐点，就是这所学校的体育精神，因为他可以一边学习英语和规定课程，一边放开心情在操场上跑步和参加篮球训练，到高中毕业时，他的个人体能和篮球技术得到很大提升，他已是这所学校篮球队的主力队员。而这一切，给他带来了前所未有的快乐和成就感，学习上也取得更大进步。

留学一年后，他选择报考大学，但考虑到自费留学和学习成绩等个人条件，想都不敢想，最终他选择一所名不见经传的三流大学，一所又小又便宜的东俄勒冈大学就读。大学二年级时，他经过反复权衡，决定攻读密歇根州布莱德商学院的供应链专业，就是出于学费比同级大学便宜的缘故，更重要的是该学院拥有全美排名第一的供应链管理系。2003年，热心公益的他牵头组织并筹办了学校里第一届中国供应链论坛，从最初没有嘉宾到场，没有一分钱赞助，到最后论坛规模空前活跃的局面外，还节余了1.5万美元，一直作为创立该论坛的基金在学院里保留下来，专用于每年奖励一位自愿留学中国和从中国来留学的“最佳学生”。

21岁，他从布莱德商学院毕业，获得多家世界500强公司的青睐，就职于全球最大电脑商戴尔电脑公司总部，三年后，25岁的他决定报考哈佛商学院，GMAT测试考了3次才通过，最后经过层层面试和选拔，他被哈佛商学院录取，攻读MBA。

他在哈佛商学院的求学生涯刚一结束，就去了花旗银行工作，很快他成为花旗银行10名“全球领袖计划成员”之一。一年后，他不忘自己出国留学的初衷，毅然做出决定，回到祖国怀抱，成为中国联想集团总裁的高级助理。他，就是被当今媒体誉为“输在起跑线上的哈佛男孩”于智博，写出《留学美国三部曲》《DELL新丁/Rookie》《敲开了哈佛商学院大门》等著作。

的确，输在起跑线上不等于输。正如一位成功人士说过，哪怕你是一只蜗牛，只要能够爬到山顶，和雄鹰所看到的景色是一样的。走在你前面的人迈一小步，落后于人的你就迈一大步，只有这样，你和领先者的差距会变得越来越小，早晚会追上去，甚至能很快超越那些遥遥领先的人，那么，你照样能成为最后的赢家。

特别狠心特别爱

她，棕色的头发，黑色的瞳孔，兼具着东西方女性的混血特征，原来她的父亲是以色列人，母亲是中国人。她就是具有中国和犹太混合血统的中国母亲“沙拉小姐”。

60年前，父亲在“二战”的烽火中颠沛流离，从以色列不远万里来到中国。几年后，她在上海出生了。但，这段欢乐的童年时光直到她12岁那年，随着父亲突然去世而顷刻间化为乌有。

她是一位富有传奇故事的母亲，离过三次婚，曾经很长一段时间，她成了独自抚养三个孩子的单亲妈妈。一个单亲的家庭就像风雨中飘摇的一只小船，她是舵手，孩子们是水手，孩子坐在妈妈身边，相依为命，和妈妈一起奋力划桨，度过一个个艰苦难挨的日子。

这年，她41岁时，中国和以色列建交，她只身领着三个孩子第一次到了父亲生前魂牵梦萦的故乡以色列。站在异国他乡寒风凛冽的街头，她跟三个孩子说，现在我们的处境很糟糕，你们看该怎么办？此时，三个孩子中最大的也才12岁，为了能养家糊口，她想到了做中国的传统美食春卷，然后卖给当地人吃。

都说犹太人的教育观享誉全球,她从以色列那里学到了教子真经。在中国,一般人都把“没有条件,创造条件也要上”用在克服困境上,而在以色列犹太人父母那里却是眼前没有了艰苦的生活环境,即使创造条件也要让孩子明白什么是苦难、什么是汗水、什么是生活的真谛。和多数民族将胜利、喜庆作为节日不同,犹太人最盛大的节日是纪念苦难的日子。

不久,因为母亲的求助和信任,三个孩子个个显示出奋不顾身的勇气和坚强,积极参与到卖春卷的生意和行动中去,这样,每个春卷可以赚到7毛钱。一天晚上,菜市场都已经收摊了,三个孩子便开始一个摊位一个摊位去收购摊主卖剩下的菜,一筐筐朝家里提。他们对妈妈说:“妈妈,这样成本会低一点。”

随着生活条件的改善,沙拉决定把孩子送到贵族学校去接受意志教育,正是因为她看到了这些贵族学校不提供锦衣玉食,比如男孩子被要求冷水浴、不准用过厚过暖的被褥、用洗衣板洗衣服、用扁担挑水或抬水做饭,给孩子们吃的是符合营养的粗茶淡饭。越是恶劣天气,老师越故意带孩子们去操场上锻炼身体。几年后,为改变女儿柔弱和娇气的性格,沙拉不惜将唯一的女儿送去服兵役。

沙拉对子女的理财教育也有一套独特方法,按犹太民族惯例,从孩子三四岁开始就开设家庭理财课了。沙拉教育孩子从小明白金钱与购买之间的关系,允许孩子拥有属于自己的私房钱,鼓励孩子购买喜爱的零食、玩具或者衣服等。在消费之后,沙拉也常跟孩子交流购物“感受”,帮他们分析这次的消费是否合理和必要,让孩子从中获取经验和吸取教训等。这样,与其让孩子每次没有经济地位地向家长苦苦“乞讨”,还不如定期给孩子一笔零用钱并做出某些消费限制方面的规定。

也许很多家长担心孩子乱花钱，孩子得到的压岁钱，家长们也会说“压岁钱由父母来帮你保管”。而沙拉认为这样做的弊端就是孩子们会因此养成花钱伸手，一有钱就赶快花光的习惯，而缺乏对消费的规划意识。沙拉常会翻开家庭账本，告诉孩子钱是怎么花的，以便让孩子了解该如何掌管家庭“财政”。

如今，沙拉的两个儿子均已成为钻石业千万富豪。然而，为不磨坏袜子，大儿子在卫生间里贴着一张纸条：“不要忘记定时剪指甲。”每次出门前，二儿子都要自己带上一瓶水，然后对她说：“妈妈，帮我做一块三明治吧。”一个千万富豪，却从来不在外面吃饭。

沙拉步入花甲之年，三个孩子分别送一把钥匙给母亲作为60岁生日的寿礼：一把是别墅钥匙，一把是豪车钥匙，还有一把是珠宝箱的钥匙。不久后，沙拉入住位于上海繁华区的一幢豪宅里，安享晚年。

想要富三代，妈妈要“狠心”爱。这就是传奇妈妈沙拉的故事和“狠心”妈妈的教子心经，并将她的人生传奇和教子秘籍全部写入她的《特别狠心特别爱》一书中。

为梦想固执

其实成功的路上并不拥挤，因为生活中为梦想固执的人不多。为实现梦想，如果你足够坚持、足够任性、足够固执、足够打动人心，总会有一种力量助你一臂之力，让你梦想成真。

“85后”的靳扬就是一位技术白领，毕业于上海同济大学交通运输工程专业。然而他玩音乐已有10年之久了。他最大的梦想就是举办一场属于自己的万人演唱会。

10年前，靳扬高中毕业时才拥有自己的第一把吉他，并花了300元钱学费拜师学艺。进入大学后，第一次参加校园歌手比赛，因台风不佳而落选。次年组建一支乐队，担任队长和吉他手，再次参加校园歌手比赛，再次落选于“10大歌手”之外。乐队无奈解散，靳扬选择了独自单飞。

靳扬20岁时，经过两年多坚持和磨砺，各项音乐技艺有了质的飞跃，分别参加上海嘉定区及校园歌手两场比赛，均力拔头筹，获得嘉定之星冠军和校园“10大歌手”称号。次年，靳扬作为在校理科生，得到校方资金支持，在大学内举办他平生以来第一次个人演唱会。

之后，靳扬读大四、考研，音乐和歌唱梦想与其相伴相随。大学毕业，靳扬前往法国游学期间，策划巴黎华人大型春节晚会，参与华人学联，组织留学生晚会和小型浪漫之夜弹唱会等各类文艺演出活动，得到在法留学生及驻法大使的支持和称赞。

靳扬25岁时回国，结束同济大学硕士论文答辩后不久，他忍不住再为梦想出发，组织往届获得过校园“10大歌手”称号的所有校友和同学，举办在母校的最后一场大型演唱会。

一年前，靳扬获得硕士学位，告别大学校园前往北京工作，成为“北漂”，是典型的技术白领。靳扬工作之余不忘初心，重新找到音乐伙伴，自买设备，开始在北京的各地街道或街头唱歌。一次偶然机会，靳扬被一家酒店老板看重，从此他又成了酒店、咖啡店等驻唱歌手，歌唱及琴艺水平得到很大长进。

这时，靳扬已坚持梦想达8年，从学业到工作，从国内到国外，最后再回到国内，无论其人生的轨迹如何变化，从没有放下吉他、放弃唱歌，一直坚持追梦。

2014年11月初，靳扬报名参加由著名演员陈道明为代言人的“致梦使者”微博活动，经过为期3天的线上公开投票，身为“北漂”白领的他终以超过24000票的得票数成为“梦想成真奖”得主。根据活动承诺，靳扬将获得活动方的全程协助，实现其举办一场万人演唱会的个人梦想。

紧接着，在“致梦使者”全程协助和支持之下，历时3个多月的筹备和策划，经过多年来一次又一次历练的靳扬，首先在北京成功举办一场属于他自己的个人预演演唱会。一周之后，在日均观看人数破万的北京草莓音乐节上，靳扬作为开场嘉宾，再次被带到更大的音乐节舞台，面对万人观众演唱他的原创曲目《一起追梦》，唱出他在过去9年里的不懈坚持和梦想力量，让世界听到他的声音。

参加完草莓音乐节，身为技术白领却非专业及职业歌手的靳扬，不无感慨地说：“放弃梦想可能只要一秒钟，坚持梦想可能却要一辈子。如果没有之前多年的一点一滴努力和坚持，就不可能有实现梦想这一刻的光辉。”

正当靳扬追梦和圆梦的故事慢慢降下帷幕之时，他或为生活而可能在自己的专业技术领域继续拼搏奋斗，音乐和唱歌对于他及家人来说，或许没有任何经济利益可言，也或许最终无法成为他的终身职业，但他敢于追梦、更勇于坚持的信念，必将永远支撑着他继续前行。

为梦想固执，除了音乐和歌唱之外，只要是你切合实际的梦想，不管你的梦想是什么，如果最终不让梦想成为空想，那么为实现梦想就敢于追梦并勇于坚持吧。有梦想的生活才精彩，有坚持的梦想才永不停歇，更让人动心。

为梦想固执，就算岁月生活让人迷茫、歌声不如从前嘹亮、前方的路依旧漫长，你仍然可以脚踏实地选择坚持，创造自我孜孜以求。为梦想固执，坚持与梦想缺一不可，才会一步一步逼近梦想，最终让梦想照进现实而不被人嘲笑。

谁是你青春里的“卧底”

杰瑞是一名萨克斯手，出生在美国一个偏远小镇，20 岁出头，吹奏萨克斯风已有 14 个年头了。

几年前，杰瑞初中毕业，自感学有小成，擅自决定弃学从艺，从偏远小镇来到大都市，开始在各大夜场跑场子生涯。经过日夜寒暑、废寝忘食地苦苦练习，技艺娴熟特别快，已在家乡小镇鹤立鸡群，小有名气和成就了。他被赞誉为最年轻的“萨克斯王子”，崭露头角。

一天深夜，演出结束后，杰瑞接到父亲的电话。伤心的父亲要他放弃跑场子生活，招他回家继续完成学业。他心高气傲，当即婉言回绝说：“没关系，父亲，我会照顾好自己的。”继续留在城市，过着昼伏夜出的浪荡生活。

之后，在 18 岁生日那天，杰瑞想到自己已是成年人了，返回家乡小镇，和家人一起过了一个生日派对。在生日派对上，心事重重的父亲见他几年未归，城市生活并未给他带来身体和心灵的创伤，毫发无损且衣食无忧，看起来日子过得挺美好，就没有对他再说些什么。

稍后，父亲提出一个小小的要求，高兴邀请说：“儿子，你看，今天客人都来了，个个热情期盼，都等着你上台表演呢？你也该好好表现一下，不是吗？”

随后，父亲骄傲地宣布：“亲爱的先生们女士们，今天是杰瑞的18岁生日，也是他的成年礼，多年前就被大家称赞是最年轻的‘萨克斯王子’，今天他将为这个美好夜晚，献上一曲美妙的萨克斯音乐，让大家高兴……”

父亲的话音一落，场上气氛迅速安静下来，音乐声响起。杰瑞走上台前，萨克斯风随着音乐演奏起来。然而意外的是，他刚吹奏了一会儿，就开始有人摇头，有人讪笑：“吹的是什么呀？简直像哭一样。”“说什么王子，你根本就不是王子。”……这时，有一个不知从哪儿来的陌生男，突然摇头晃脑大喊大叫道：“别再吹了，下台，下台。”臭嘴里还不时夹杂着胡言乱语，甚至粗口恶骂，太不分场合。

正当大家感到匪夷所思、面面相觑时，那人又冲上台去，一把夺过他手中的萨克斯管，狠狠摔在地板上。音乐在此刻戛然而止。

无疑，这一举动真正惹怒了杰瑞，血气方刚的他忍不住火冒三丈，弯腰拾起已经变形的萨克斯管，使出全身力气向那人头上砸去。那人头部挨了重重一击，血流如注，捂着头倒在地上……这疯狂一幕过后，无奈的父亲当着儿子杰瑞的面，赔了对方两千美元。

父亲并不感到扫兴和懊恼，目光极为冷静，和蔼可亲，却十分严厉地说：“儿子，你本来就不是什么王子，你现在的表演就是为给听众和客人带去欢愉和快乐。如果所有人对你喝倒彩，甚至骂你，那一定是你演奏得不够好，或者说很臭；而今天仅仅某一个人对你表示不满意，你为什么还要和人家大打出手呢？……”也许正是父亲这番话，彻底改变了杰瑞的处事和为人，从而磨掉了不少他骨子里的锐气。

而今，20岁出头的杰瑞每天在城市里跑夜场，对于自己的人生规划已有了全新认识。因为他深深知道，从小到大，父亲不曾打过他一次，尽在默默关注和激励着他的成长，即便有时给他讲一些做人的道理，也总是满怀父爱之心，循循善诱。但不管怎样，他越来越希望融进现实，像萨克斯风那样浪漫而优雅地活着，并成为像父亲一样有责任感的人。

的确，在我们现实生活中，每个人本来就不是什么王子，也不是什么"达人"，正是因为你的强势越强，所以同比之下你的弱势也越弱，越是明显。果不其然，在杰瑞的生日派对上，所有人都已事先知道，那位砸场的陌生男就是父亲特意找来的"卧底"，故意为杰瑞找碴儿、挑刺儿和背"黑锅"的……

在你的生命中，谁是你青春里真正的"卧底"以及充当"卧底"的那个人？也许，他们才都是真正爱你的人。

鳄鱼跟着我回家

波乔是只美洲鳄，一直生活在哥斯达黎加西奎勒斯镇的湖水中，2011年10月的一天，这只长5.2米、重450千克的美洲鳄在这里度过了它最幸福的22年，不幸去世。

这条消息占据哥斯达黎加各大媒体头版头条，许多人赶来为它哀悼。一只美洲鳄的生老病死何以受到如此重视？

美洲鳄的主人是一个名叫奇托的渔夫。奇托至今记得，1989年的一天，在河岸边第一次见到它的情景：它潜入附近的一家牧场试图偷猎奶牛，却不幸被牧场主开枪击中了一只眼睛，趴在河岸边，奄奄一息。

奇托叫来几名朋友，合伙把它抬上渔船，带到了自己的家里，并给它起了个名字叫“波乔”。

奇托带来小鸡和鱼等食物喂波乔，不分昼夜陪伴着它，甚至躺在它的身边睡觉。奇托对这只美洲鳄照顾得无微不至，6个月后，波乔恢复了健康，他们之间也建立起奇妙的感情。

美洲鳄在哥斯达黎加是国家级保护动物，严令禁止捕杀。在波乔的康复过程中，奇托一直想着一件事，那就是一定要将波乔放回大自然,还它自由自在的生活。

有一天,奇托领着它来到自家附近的湖水边,拍了拍波乔的背脊,深情地说:“朋友,你可以回去过自由的生活了。”鳄鱼看着波澜不惊的水面,仿佛见到了久违的家园,扭动几下腰身,迅速钻进了湖水中。

奇托站在岸边恋恋不舍,直到看不见湖面渐渐消失的涟漪,再不见波乔的身影,他才转身向家中走去。

奇托刚离开,水面却又泛出了水花。鳄鱼波乔浮出了水面,它看见奇托就要离它远去,急忙游过来,爬上岸,笨拙地在奇托身后一路追跑。

奇托又惊又喜,这只美洲鳄最终又一步不离地紧跟着他回到了家里。

很快,渔夫和鳄鱼成了铁杆好友。他们的故事传播开来,引起很多人的好奇和关注,慕名而来的人越来越多。波乔性格温顺,从来不会伤害任何人,于是,奇托一边打鱼,一边开始教鳄鱼波乔一些小把戏。

奇托只要一声召唤,鳄鱼波乔就会从湖水中浮出来,给他一个热烈拥抱,他们在湖水中玩耍嬉戏,奇托经常将脑袋伸进它的血盆大口里,当然,他不会受到任何伤害。

奇托和波乔在湖水中的“人鳄共舞”成了哥斯达黎加独一无二的旅游项目。波乔的默契配合和精彩演出总是赢得人们爆棚的掌声,每年都有不计其数的观光游客来看他们的表演并合影。它因此被人们称为最“感恩”的鳄鱼,因为它不仅成了奇托的朋友,还和他一起表演,帮助“救命恩人”赚得盆满钵满。

2011 年 10 月,“大明星”波乔离开了人世,为这 22 年的人鳄之情画上悲怆的句号。然而,他们早已成为彼此生命中的奇迹。

让NBA为自己打工

因为叫“李泉”这个名字的人过于常见，所以他为自己取了个网名叫“大嘴泉”，1981年5月2日出生在江西赣州，现居北京崇文。

李泉是一位知名的体育漫画家，更是一位将漫画与NBA完美结合在一起的专家级人物。这位被每一个钟爱NBA且看过他漫画的人，都会忍不住自动成为他“粉丝”的男人，拥有着众多的推崇者，不仅如此，甚至远在美国的篮球明星巴蒂尔等人也非常追捧他的漫画作品。

一个以画漫画为生的人，何以让NBA为他疯狂？而李泉的一段话，却能一言以蔽之：“感谢NBA，因为它，才让我成了车房一族。”

小时候，他就喜欢看漫画和画漫画，最早看日本漫画。当看过日本版的变形金刚后，他就忍不住拿起笔开始模仿着画漫画，后来他又模仿圣斗士和七龙珠，他的漫画水平也渐渐得到提高，大有长进。在模仿画漫画的过程中，日本漫画大师鸟山明及其作品成了他理想中的偶像和心目中的最爱，深远又深刻地影响着他后来的漫画创作生涯。

长大后，他来到北京，成为“北漂”中的一名干将。“北漂”之初，和大多数人一样，过着极其“草根”的打工生活，希冀很美好，现实很残酷，他作为一名普通的平面设计师,工作和生活是完全混乱的,什么时候工作需要,他就醒着,直到把工作做完才停止。在工作之余,除想睡觉了就去睡觉休息,若有闲情雅致之时,他才画几张自己喜欢的漫画,聊以自慰罢了。

后来,一次偶然机会,当然也是他一时的灵感爆发。一次,他在看美国NBA篮球联赛实况转播时,深深被场上你拼我夺技艺高超的精彩表演所吸引,心想比赛虽然好看刺激,但贴身肉搏的氛围难免令人紧张和窒息,甚至在关键时刻的一记绝杀,断可将胜者为王,败者为寇,是不是有点血腥和残忍呢?于是他灵光一闪,反其道而行之,何不用漫画的形式"恶搞"一下这些生龙活虎的大球星呢?让他们成为自己笔下的漫画原型,变成一个个可爱的卡通形象,或许能给人带来别样的快乐和新鲜的感受。

漫画家的生活是清苦的。他从一开始坚持画NBA卡通漫画便充满着良苦用心,但终于功夫不负有心人,当一幅幅活灵活现的NBA球星形象的漫画传上了网,在各大报纸媒体登出后,无论是最传神的麦蒂还是最难画的科比,以及奥特曼一般的"鼓眼姚明"等,即刻得到众多NBA球迷的疯狂欢迎和喜爱,大获成功,甚至连阿泰、巴蒂尔和穆托姆博等大腕球星来到中国,纷纷和他合影留念,他都亲自为他们现场创作漫画。

无论在网上还是在社会各界,追捧他的"粉丝"不计其数,他的第一本漫画书《大话NBA——赛事精选篇》赢得了空前热卖。他是画NBA漫画的中国第一人,也终于从最初的"北漂",一个几乎无望在大都市拥有车房的普通平面设计师,而一跃成为京城里的车房一族。

而这一切实质性的收获,正是源于那些远在美国的NBA球星们,个个成了他笔下的漫画人物,而成就了他一步步走到今天,迈向成功和拥有财富,傲然全球的NBA也只好给他默默地"打工"了。

“鲜花快闪”成时尚

近年，鲜花快闪频现都市街头。他们大多从事园艺或花艺等职业，收集和使用婚礼、聚会等活动现场遗留下来的鲜花，再进行创意设计，以一种快闪的方式，搬上街头角落，让人驻足观赏，拍照分享，参与互动。更有人以商业眼光，把自己的花店LOGO和商品展示加入鲜花快闪中，通过众人拍照分享到网络，供人传播评论，为店家积攒人气。

纽约人刘易斯·米勒是一位花艺设计师，有着自己的花卉装饰及设计工作室，主营婚庆、家宴、聚会等各种庆典现场的花艺装饰和布置，生意平淡无奇。多年来，由于职业使然，他对自己经营出去的鲜花一直心心念念，它们最终去了哪里？

后来刘易斯·米勒发现，在每场惊艳热闹的相聚之后，现场都会遗留下大量鲜花，不是被当成垃圾扔进垃圾桶，就是因无人照顾而自行枯萎腐烂，感觉非常可惜。有一天，他突发奇想：“我怎么才能让那些过气的鲜花变废为宝，重现生机呢？”却始终未能找到合适的处理方式。

近年，原就起源于纽约的快闪行动甚嚣尘上，以快闪方式，明确时间和指定地点，许多人同时出现并大跳一段指定的歌舞，然后迅速闪开。

刘易斯·米勒灵机一动，得来全不费工夫，我们何不也来个鲜花快闪？

去年下半年的一天，刘易斯·米勒天不亮就起床，带领他的工作人员，按照原定计划，将事先设计和创作的废弃鲜花，布置在城市街头的人行道上，或者垃圾桶旁边，鲜花快闪的装饰作品就算大功告成了。

太阳初升之时，纽约市民走上街头，看到这些从天而降的鲜花装置，感觉很是新奇，纷纷睁大眼睛，驻足观赏。然而只过了几分钟，这些鲜花又被工作人员迅速挪开，市民最后一问才知道，这就是所谓的鲜花快闪，不禁恍然大悟并拍手欢呼起来。

刘易斯·米勒对市民的惊喜反应，全看在眼里，记在心里，便徒生一种别样的成就之感。一年来，刘易斯·米勒越做越用心，通过收集弃用的鲜花，设计制作成不同的创意花艺作品，不定期地出现在纽约的城市角落。时而是脏兮兮的大垃圾桶变成巨型花瓶，花束从大垃圾桶里“爆发”出来；时而是一大堆五颜六色的鲜花，看似随意地被摆放在某个位置；时而中央公园的某个雕像被披上了一个巨大的玫瑰花环。

不同的花艺被放置在不同的景观周围，创造出不同的意境和情趣。刚开始，刘易斯·米勒的鲜花快闪行动，出其不意，从天而降，时间短暂，一直在神秘中进行。从而引起路人驻足，细探原委和究竟，并纷纷掏出手机拍照，甚至同步直播，传上了社交网站，引发了更多人的好奇和关注。

刘易斯·米勒见此情形，更是兴奋异常。后来再做鲜花快闪时，他把自家的工作室LOGO用鲜亮喷漆“LMD × NYC”署名上去，供人拍照、直播和分享，上传网络。很多人在网络上这样留言：“用废弃花卉做快闪，既节约又环保，既是公益行为又能为自己的工作室扩大了宣传，提升了人气。鲜花快闪，绝了！”如今，刘易斯·米勒的工作室生意越来越红火。

与漂亮的水母共舞

在电视节目中，我们或许看到过有关海洋水母的纪录片，原本在水族馆才能看到的水母，其实是比恐龙的出现还要早的地球生物。别看它的身体结构原始而简单，在水中轻盈飘逸、自由翩跹、舞姿婀娜，令人一见倾心、惊艳不已。

水母作为观赏宠物像金鱼一样“游”进寻常百姓家，其超高的观赏价值成为都市里一道新奇而又另类的亮丽风景。被誉为国内“人工繁殖宠物水母第一人”的王文龙瞄准这一机会，填补水母养殖国内空白，一跃成为国内知名的“水母达人”。

1981年，王文龙出生在山东省文登区，自小在海边长大。长大后，在上海读完四年海洋大学，本科毕业后再读硕士，念的都是水产养殖专业，始终没有离开“海”。

一次偶然的机会，王文龙在参观海洋馆时，被展示缸里姿态优雅的水母深深吸引住了。只见5只水母在彩色灯光的映衬下舒缓飘逸，翩翩起舞，宛如仙境，旁边也站着一位姑娘看得入神，好久才恋恋不舍地离去。

看到这样的情景，王文龙怦然心动。因为在水族市场上，有养热带鱼、珊瑚或乌龟的，却从未见过有卖水母和养水母的，也就是说作为观赏宠物，海洋水母有非常高的观赏价值。

王文龙越想越激动。回到海洋大学校园，他首先请教导师冷向军教授，然后得知，原来在国外已有人把水母当作宠物饲养，而在国内人工繁殖水母技术才刚刚起步，且只被少数海洋馆所掌握，大部分海洋馆展示的水母不是靠高价进口，就是靠野外捕捉，因而在生活中，很难觅到观赏水母的踪迹。

王文龙抱定决心挑战“空白”，尝试依靠聪颖和智慧进行水母人工养殖计划，让这种在大海里生存了6.5亿年的原始动物，能够一年四季地在陆地上和城市中生活，成为都市里的人们普遍喜爱的美艳新宠。

踌躇满志的王文龙前往苏州白马涧采样，带回水母活体进行研究，查了好多资料，养了两个多月，正要大干一番时，各种难题却接踵而至，由于国内针对水母的研究资料极其匮乏，不得不借助和依赖于国外文献，但所能查找到的只是一些简单的养殖知识和常识性的科普材料，所获不多。这在专业教科书上空白一片的水母养殖，却一下子成了拦在他前进道路上的重重障碍。首次实验，以惨遭失败而告终。

王文龙再次起程，顶着烈日跑回山东老家威海、文登和青岛等地，在青岛海域雇了一条渔船，跟父亲一起出海，花了整整两天时间，采样到了30多只野生的“海月水母”，又连夜乘坐长途大巴运回上海。这是他查遍资料后发现，相比之下海月水母的养殖难度较为容易一些。

这一次，王文龙重新做了精密规划，前期准备更为周详，却依然挡不住屡战屡败的命运。要在人工环境下模拟出水母在海洋里的繁殖条件，除了按比例配置好人工海水，还得在水温、盐度、光照、水中微量元素种类、酸碱度以及专门用来喂养水母的饲料等多项指标和各个方面做到严格要求，调配出最适宜水母生存的海洋环境和生活状态。

然而不久，被采集来的30多只水母还是出现“水土不服”迹象。王文龙为搞清楚人工繁殖失败的原因，改成以一个月为试验周期，一次次调整养殖条件，但仍然防不胜防。

水母的成长过程非常复杂，从幼体“孵化”到第二代蝶状幼体，需要水流环境时缓时急，必须精确模仿自然界海水波动，如果把握不好，必然前功尽弃。王文龙花了大半年时间，一连做了7次试验，屡败屡战。最后，30多只水母随着一只只死亡数增加而逐渐减少，仅剩两雄三雌共5只水母幸存下来。

这一年春节，王文龙没有和家人团聚，而是独自一人在实验室继续观察。一直“蹲守”到大年初五，他像往常那样查看养殖缸，突然发现养殖缸内有了一些芝麻粒大小的褐色微粒。激动不已的王文龙随即通过显微镜观察，终于看到了十几个欢快游动的褐色蝶状幼体。原来，这些微粒就是水母诞下的“蛋”和活体的“水母宝宝”。

王文龙寸步不离，精心饲养，小水母们“海吃海喝”，自由成长，已长到了2厘米左右。又过了几个月，随着培育技术不断成熟，王文龙人工培育的小水母已从最初的11只，奇迹般地一直增长到了数千只之多。

水母繁殖，初战告捷，然而要将它引向千家万户，非常不容易。经过不懈努力，上海外滩附近的一家五星级酒店，以及嘉兴、南京等地的酒店也开始引入他的水母。甚至远及云南、内蒙古等较远的省份和地区，有人专门作为爱情信物，预订一大缸水母送给恋人。

几年后，王文龙的水母不断得到开发和投放市场，拥有比较稀有的紫纹海刺、姿态婀娜的天草水母、形态活泼的澳大利亚斑点水母等十多个品种。

适合家庭饲养的水母缸及养护用品投放市场后，大受欢迎，一只水母的价格从几十元到数千元。但水母耗氧量极低，饲养起来其实很简单，用专用海盐配制的海水比饲养热带鱼的花费还要少很多，半月到二十天换一次水，一个星期擦一遍缸壁……越来越多的都市人成了“水母控”。

坚持自己的梦想，生命需要一种执着。随着人工养殖技术提高，观赏宠物水母让更多的人在奔波劳碌中，放慢脚步真正享受原本简单的生活，“游”进千家万户，让越来越多的普通市民感受到神秘而梦幻般的水母之美，给人带来生活、心灵与情感上的平静、深邃和惊艳之感。

追梦人

他自小就是个爱追梦的孩子，立志读万卷书，还要行万里路。2009年，他读大学二年级，接触到由英国查尔斯王子发起的“雷励中国”的公益组织，要求参与者各显神通，长跑、登山、演唱会、义卖或讲座等形式，赢得他人理解和赞赏并提供资金援助，进而实现不花父母一分钱，也能完成近期或远期的梦想。

这年暑假，为参加“雷励中国”的甘肃远征项目，他用3天时间筹足款项，成为当年的筹款冠军。在这次历时25天的远征途中，他经受住风沙考验，体验艰苦生活，为当地农民脱贫和改善环境尽了力，同远征队一起向沙漠内部挺进十余公里，种植沙棘树木数万株。

一年后，他心中有了更远大的梦想，为游学世界再次筹款，2010年6月的一天，他连夜写出一篇超过上万字的自传体文章《休学去游学，我的间隔年》，向各网络社区进行“梦想发布”，详细晒出游学路线、参与的公益项目、收获目标和所需费用及详细账目等，并承诺在未来3年内还清所有筹款金额，让更多人深知他的梦想和需要。6个月后，他成功募集6万元资金，踏上了长达8个月游学世界的漫漫征途。在这8个月时间里，他在印度参加了渣打银行的全球艾滋病项目，在阿富汗成为一家国际公司老板的外国雇员……先后游历包括印度和阿富汗在内，还有尼泊尔、巴林、迪拜和阿联酋等多个中东国家和地区。

两次筹款成功，让他反复思考一个问题，既然我能够通过筹款顺利完成梦想，那么为何不能创建一个平台，让更多年轻人大声说出自己的需要，获得大众支持与捐助呢？2011年4月，一心想为所有人的梦想装上一双翅膀的创业计划已在心中孕育成形，他随即选择回国，马不停蹄专程前往上海、南京、杭州、福州和北京等大都市，向众多前辈朋友真诚求教，投身筹建“追梦网”。

经过3个月的设计和开发，追梦网诞生了，旨在打造出一个助力“80后”和“90后”年轻人淘梦及圆梦的“梦想助推器”。还在读大四的他在上海租了房子，注册公司当上了CEO。

打开追梦网，从“梦想发布”“梦想发掘”到“梦想建队”“梦想筹资”“梦想起飞”，梦想发布者需要提出“筹款金额”和“回报方案”，比如拍摄一部微电影的梦想需要1000元，支持20元至200元将获得作品光碟、片尾感谢或明信片等形式的回报，支持者根据金额大小和回报内容来决定支持金额。

追梦网上线半年后，先后发布的13个追梦项目中，就有两个16岁的高中女生梦想拍一部关于赛车和公益的纪实性短片、8个大学生希望来一次公益骑行宣传禁烟和两个即将赴肯尼亚开始志愿者工作的青年想要发起一个保护野生动物的募捐活动等7个项目，成功在规定时间内完成筹款，筹得资金由网站发放给申请人，且将项目执行情况和资金使用明细进行公布。

一年后，追梦网已推动至少150个项目成功筹款，总融资额超过

100万元人民币。他本人就是不靠父母资助一分钱，不靠自己打工挣钱积累，仅在网上发布梦想，向大众筹款就能成功完成追梦之旅的人。他就是时年22岁的追梦网CEO杜梦杰。

记得有人曾经说过："这个世界不缺少梦想，但缺少懂得如何实现梦想的人。"因此，那些站在路边为怀有梦想，以及由此而实现梦想和完成追梦目标的人鼓掌的人，被形象地称为"追梦人"。

十年“玩”出蜡烛画

林经荣 1990 年出生在福建省安溪县一个叫龙门村的普通农民家庭，小时候喜欢画画，更喜欢幻想，自小对蜡烛葆有特别的情感。蜡烛既是他的把玩工具，也是他的忠实玩伴。

10 年前的一天晚上，读初三的林经荣第一次发现蜡烛泪的魔力。蜡烛熔化成泪后，不小心滴在了画纸上，不仅没有把纸张弄脏的感觉，还格外地发现被烛泪浸过的纸，呈现着晶莹剔透的透光效果，感觉非常新奇。当天晚上，他便产生用蜡烛作画的想法。

林经荣第一次用蜡烛作画，是一幅他所创作的荷花图。由于是全新的作画方式，没有任何经验可循，他先用铅笔勾勒出荷花的轮廓，再用勺子把红白两色的蜡烛烧熔，尝试着将烛泪分别泼上去填色，这才初步有了红白相间的荷花效果。

第二天，林经荣欣喜地将荷花图带到学校，竟意外得到老师和同学们的一致赞许，心中油然而生一种说不出的成就感，点燃了他用蜡烛作画的创作激情，自此走上了一条从自我探索到演变开发的蜡烛画之路。

蜡烛画不仅是全新的艺术创作，更是在创作技法和创作工具上的发掘之旅。10年来，林经荣经历了从初中到高中、从高中到大学的求学生涯，但他面对家人的不解与反对，创作上的艰辛与痛苦，生活上的俭朴与困窘，钟情于蜡烛画的初衷和梦想矢志不渝，最终练就一片天，成功开拓出一种新绘画艺术——透光蜡画。

林经荣考上高中后，红白两色的蜡烛画已满足不了他的创作欲望。最初阶段，由于蜡烛画没有任何可供学习的模板，作画工具也是自己在不断“发掘”中得到恰当应用。

为得到丰富的色彩颜料，林经荣首先想到将各种颜色的蜡烛熔在一起，之后才想到使用色彩较为鲜艳夺目的蜡笔和蜡烛相熔在一起。因为蜡笔色彩更丰富，画在纸上没有渗透性，缺点是不能通过反复叠加求得复合色，蜡笔和蜡烛熔合后，则能取长补短、相得益彰，既满足复合色彩的需求，又能产生透光效果。

高中时代，林经荣尝试过很多作画方法，除了使用蜡烛和白纸，还购买了酒精灯、烧杯和铁板。酒精灯和烧杯用来熔化蜡烛，铁板用作铺画纸。但在前期各种尝试中，蜡烛熔化温度比较高，也曾采用过木板和铁皮铺纸，均不合适，最后才采用坚硬而光滑的铁板。最大的难题是，毛笔不可用，却还没有找到更为合适的画笔。

此时，林经荣对蜡烛画的痴迷达到走火入魔的程度。有一次，他在对蜡烛加热时没有掌握好温度，腾地一下，燃烧起来，整个房间浓烟滚滚。父母的呵斥和反对之声传来，他才如梦初醒，及时扑救，险些在家中酿成火灾。高中三年，父亲因为担心他因此荒废学业，没少跟他红过脸，瞪过眼。

林经荣第一次参加高考以失利而告终，这更加剧了他和父母之间的矛盾。知子莫如父，父亲一气之下，甚至向他发出最后通牒：“一是拿上我预备给你上大学用的全部学费远走高飞，不再回头；二是你先放下画画，全心投入复读，参加复考。”

第二年，林经荣如愿以偿考上了南昌工程学院动漫专业。父亲本以为他喜欢画画才选择了跟美术有关的专业。其实不然。林经荣则给自己树立了更长远规划，如是说：“学动画，只是为了将来可以运用动画专业的视频技术，为我的蜡烛画巡回展做视频资料。”

入读大学后，林经荣更加坚定对蜡烛画的执着探索和追求。学习之余，他一方面挤出更多时间到各处写生或创作，一方面加紧寻找能够让他得心应手的“神奇画笔”。功夫不负有心人，有一次他出外写生，抬头间突然看到一棵柳树的枝条上，挂着一枚虫子做的茧，即刻引起他的注意：“这不就是我要苦苦寻找的‘画笔’吗？”他很快联想到用蚕茧做画笔。

林经荣还是大二的一名学生时，在校方支持下，专门开设一间房作为蜡烛画工作室，助其继续专心研究蜡烛画。在这间工作室里，他就是透光蜡画的首创者。所谓透光蜡画，就是为让画面更富于艺术表现力，林经荣又自行研制一种超薄的LED灯箱装置，以获取最佳灯光效果，蜡烛画则装裱在灯箱装置上，通过画面背后的灯光映衬，透光蜡画显现出尤为神奇的光影和色彩。

林经荣还在学校成功举办“烛光画韵”个人艺术作品展，展示高中以来所创作的100多幅蜡烛画作品。一幅幅充盈着生活气息和艺术灵感的蜡烛画，通过饱满丰富的色彩和脉络清晰的肌理，绽放出浓厚的人文气息。他的透光蜡画以“尊重自然、取材自然、表达自然”的创作思维、艺术形式及作画技法，让人惊叹不已。透光蜡画由此得名，他也因此成为学校首个办画展的在校生。

这年暑假，中央电视台展播《寻找最美乡村教师》节目。林经荣看过后深受启发，有感于“照亮他人，燃烧自己”的蜡烛品格以及淳朴的师生情感，自大三上半学期，花了整整一年时间，以“我的老师我的父母，我的学生我的孩子”为主题，从以往国画泼墨式的写意画转向原生态的写实画，创作出20多幅乡村教师题材的蜡烛画。

大四下半学期学校里没课，林经荣开始了一段到处“游荡”的日子，在老师和同学帮助下，推着自己组装的手推车，带上移动电源和画作，走上南昌街头，四处摆摊现场作画。这时，林经荣接到厦门一家名为“林后艺术公社”的绘画团体盛情邀请，接纳他为暂住会员，并在林后艺术公社成功举办“回光返照——林经荣个人透光蜡画作品展”，展期为一个月。其独特的艺术创作引起很多知名画家的注意，作品《舞》《茧》《里里外外》《天机》《暮》等纷纷被个人或画室收藏。

至此，林经荣在过去近10年的时间里，从摸索、研究和探索蜡烛画到演变成透光蜡烛画过程中，追求艺术的脚步从未停下。在厦门，每天一大早，林经荣都是第一个到达林后艺术公社，都在创作，思索着如何布景、勾勒，如何构图、表现，如何能达到最好的艺术效果，并期待在大学毕业前多举办几次个人画展。

创作过程孤独而艰苦，最大的支持是朋友和老师的赏识。林经荣大学毕业后，赶在教师节前夕回到了乡下的高中母校，举办了以乡村教师题材为主题的个人作品展，终于得到家人的理解和支持。

灵感点亮人生，蜡画放飞梦想。十年“玩”出蜡烛画的林经荣，被厦门“BEE当代艺术沙龙”画室聘请为助理画师，终于可以边工作边做自己的蜡烛画创作了。

专注物联网的“螃蟹实验室”

刘维超是地地道道的南京人，他自小接触计算机，毕业于淮海工学院计算机科学与技术专业，并给自己定下了“跟计算机打一辈子交道”的人生计划。

大学毕业时，刘维超留校任教。这期间，德国佛莱堡大学的教授多次邀请他去德国深造，刘维超均以不懂德文婉言谢绝了。最后一次，这位德国教授热情地说：“我已转入到波恩大学，这所大学支持英文教学，如果你来德国，我们整个团队都可以讲英文。”

三年后，刘维超结束在德国的科研生活，回到南京，为创业做前期考察和选择项目等准备。归国之初，他考察了很多项目，最后认为基于云计算平台的人与物、物与物之间的物联网智能通信技术，是计算机网络和手机网络之后的新一代网络，应用范围同样广泛，发展前景更为广阔。

刘维超基于物联网概念，召集几个志同道合的合伙人，以专注物联网智能技术为研发项目，创立公司，在很短的时间内就赢得了行业市场的肯定。

刘维超毕竟是技术出身，作为智能科技带头人，其“科技狂人”的才华和能力得到了极致发挥，但在企业管理方面，他感到有点力不从心。因此在创业之初，他希望找到一个职业经理人，帮他打理好公司内外事务，全面负责公司的经营管理。

刘维超仅担任公司的执行董事兼技术总监，从繁杂的管理事务中抽身出来，凭借在德国深造时打下的技术功底和产品理念，加上对国内产业发展前景及市场空间的判断和把握，很快抓住契机，把公司打造成国内乃至全球领先的物联网通信及感知解决方案的供应商。

刘维超和他的团队研发的物联网核心通信技术——船联网，顺利中标“国家级示范工程”项目，应用于水上便捷过闸系统和物联网北斗卫星定位系统等交通行业多项重点工程，成为国家发展改革委重点支持的物联网试点项目之一。

回国两年后，刘维超本着沉下心来踏踏实实为产业、社会和环境做更多益事的初心，以创建实验室模式为目标，为勇于创新的在校大学生及热爱设计的年轻人搭建一个开放平台，吸引他们一起来做原创。创建实验室，就是为年轻人打造一个创新生态圈和研发中心，将不同背景的人才会聚在一个创造性的工作空间里，鼓励大家从失败中学习，同时传递一种帮助别人成功的精神。

令人感觉新奇的是，虽然这个实验室的名字里有“螃蟹”二字，LOGO上有半只耀武扬威的大螃蟹，但整个公司里却找不到一样与螃蟹养殖有关的东西，连室内的装修设计也不走寻常路，都是他们亲手完成。这里有崭新的3D打印机、宽敞的厨房以及台球桌、健身器、游戏机等设施，墙面上悬挂着项目的进度牌，也是用乐高积木拼出来的，地上的座椅是小狗或大象的造型，处处体现有趣和关爱的核心价值观。

螃蟹实验室的理念和宗旨同样如此，就是基于尊重社会文化、尊重市场经济和尊重自然环境的设计思维，专注于物联网领域的技术与设计创新，从事最前沿的研究、设计与开发工作，探索未来软硬件技术、用户体验和服务等新概念课题。他们就是要做勇于创新及敢于“吃螃蟹”的人,并通过创造互相连接的智能物件,让这个世界变得更为智能和美好。

螃蟹实验室依托物联网核心技术成果——物联网芯片(CrabIoT),此核心技术性能强大,具备真正物联网技术“超远距离与超低功耗”的通信特征。事实证明,一个物联网芯片基站,仅需一小块太阳能电池板即可供电,耗电量仅为传统通信基站的1/300,而传播距离最高可达到传统通信基站的10倍。

螃蟹实验室以“遇见物联网”(MeetIoT)为主题,在南京举办产品发布会暨派对活动,并首次对外界公布和曝光了其研发的核心物联网芯片(CrabIoT),展示3款物联网概念产品。这些看似“高大上”的新概念产品,对普通生活都将产生巨大影响。

刘维超非常喜欢用物联网与互联网进行比较,在物联网之前的互联网,几乎所有数据都是人工输入,而不是来自物体本身。这就预示着,强劲的市场需求已满足进入物联网时代的需求,在这里有更多的美好概念和想象。

螃蟹实验室创建4个月时间,就已研发出6款具备物联网纯正血统和基因的新概念产品,其中包括Q-Bit智能手表、绿色手机、智能定位仪、生命信号笔等。但作为一个创业公司,“体验式设计+回归自然”的人性需求和设计理念,自娘胎里就包括可持续发展,融入产品每一个设计环节,并通过创新设计让用户感受到“螃蟹”对使用体验的尊重及对自然的爱护。

而螃蟹实验室,就是这个物联网时代的加速器,简单、专注、永不放弃,不断创新、不断尝试和挑战自己。他们从自身做起,努力将中国制造和中国设计提升至对世界有影响力的水平和标准。

第四辑

用心做好每一件事

因此，成功不在于做什么，也不在于起点的高低，而在于把事情做精，满怀憧憬，忠实梦想，即使是一门小手艺也能成就大作为、大作品和大事业，实现财富价值，创造传奇人生。

逼自己一次

大学毕业的那年夏天，我一时找不到合适像样的工作。随后，我和大多毕业生一样，卷入了求职大潮。每天奔波于各大招聘现场，疯狂递出简历，但一无所获。

虽说幸运之门永远向每个人敞开，但一连好几天，我都沉浸在迷茫和无助之中，不知道该如何重新开始。我将自己闷在家里，不愿意走出门去，重又捡起书本，准备考研，为自己充电镀金。这时，父亲走过来了，见我整天郁郁寡欢，许是担心我找不到工作，反却闷出心病，于是建议我到外面走一走，即便不为生计，散一散心也好。

我听从父亲的话，读书累了时，开始尝试着离开家门，在自家附近走动。离我家不远的地方就是一个大水湖。每天下午，天气凉爽时，湖边聚集不少钓鱼的人，但我毫无心情驻足观看，便沿湖边一路走下去。头埋得很低，眼睛不离地面。

走着走着，我发现在这又细又窄的湖边小道上，竟有一颗颗石子，一定是被湖水拍上岸来，再没有机会返回到水中了。其中，有一颗石子特别炫目，在夕阳的余晖里，散发出晶莹的光亮。那一刻，我心浮气躁，沉闷透顶，仿佛它就是成心挡住了我的去路。

顿时，我恶由心生，对那颗石子不仅没有丝毫怜悯之情，还毫不犹豫地飞起一脚，将那颗石子狠狠地踢了出去。石子嗖的一声，划过一条弧线远远地投进湖水中。石子落入湖中时，水面荡起层层涟漪，那一圈圈荡开的水波纹像是石子自我诠释着什么才是美。

从那以后，我不再闷在家里，又开始出门找工作了。经过一次次面试、等待，再面试、再等待……最终，我在一家公司应聘成功，而且令我意想不到的是，这份工作正是我最想做的。

回过头去想一想，我应该感谢那颗石子。因为它让我明白，作为一颗石子，即使再光鲜亮丽，但不付出就一定没有回报。

其实，生活就是一片比湖水还要广阔浩瀚的大海。无论回望来时路，还是面向正前方，岸边都会汇聚着成千上万颗沙砾或者石子，而人生正是一条长长的海岸线，有的石子因不愿意走动，终生得不到大海的拥抱和关爱。

有人帮你，是你的幸运；没人帮你，是真正的命运。自己唯一要做的就是逼自己一次，飞起一脚，狠狠地将自己踢出去，越远越好，直至投入生活的怀抱，定能迎来“面向大海，春暖花开”的新境界和新天地。

悬崖边上的救赎

8月的一天早上，朋友良突然打来电话，说让我马上动身起程，跟他进山。我说良：“你疯了？难道你不知道山里正在发生着什么吗？”良异常坚定而平静地说：“我知道，正是因为我从新闻里得知，山里正在暴雨成灾，随时可能暴发山洪和泥石流，但你必须跟我进山一次，就这么定了。”

听到他的话，我二话没说放下一切事务跟他一起进山。良和往常不同的是自己驱车前往。城市越来越远，进山不久，暴雨一直陪伴在我们左右，山路两旁，高山耸立，怪石嶙峋，林木越发稀疏，时刻都有暴发泥石流的可能。我再次劝阻良：“良哥，我们还是别进山了吧，进山只有死路一条。”良听后不为所动，目光直视前方，一心向山中行进。正在这时，手机信号已经非常微弱，良还是掏出手机向前方通了电话，断断续续得知，就在一个小时前山洪已经暴发，疯狂的泥石流冲向了希望小学……信号就此中断。

车子继续前进。突然，一块巨石挡住我们的去路，随后我和良弃车步行，沿着山路继续走下去，直到傍晚时分才安然到达一个名叫马泱河子的希望小学。所幸希望小学早已放暑假，校舍和教学楼内空无一人。放眼望去，一排校舍被山上冲下来的石头和树木淹没，不见了踪影，唯有一座崭新的四层教学楼浸泡在泥水之中。

这时的泥石流已经退去，可谁也不能保证山洪不会再次降临。我胆战心惊，脚下踩着齐膝深的乱石和污泥，腿肚子一个劲儿在颤抖和抽筋，我埋怨道："良哥，你这是何苦呢？我们是不是不要命了？"良坚定而急切，用手指着离教学楼不远的一处二层小楼说："快走，你看见了吗？那座小楼里一定有人，赶快把他救出来。"

良说得一点儿没错，在二层小楼里住着一位老大爷。良激动得一句话也说不出来，待我们竭尽全力赶到那里，老大爷仿佛等待我们好久了，最终无力地趴在良的背上，被良背了出来，除了受到不小惊吓，没受任何皮肉之伤。

原来，良的老家就在这里，老人正是良的父亲。而良一直想让父亲进城享一享清福，父亲不肯。良拗不过，才答应父亲留守在老家，并将小学的大门建成二层小楼供父亲居住。

父亲说："良儿，赶快回村去看一看吧，那里有我们的父老乡亲，到现在不知死了多少。"

良说："爹，我这次回来不光是救人，我们今天还有一个约定呢，难道你忘了吗？"

父亲说："我怎能忘了呢？你赶快放下我，赶快救人去吧。"

没过多久，中央派遣救援部队前来营救。我和良作为志愿者，双双参加了这次生死大战。

几天后，所有搜救工作宣告结束。我和良及他的父亲退回到山村之外，回到了我和良弃车的地方。

良的车子是一款名牌轿车，但在崇山峻岭之间和大灾大难面前却显得一文不值，几天过去了，轿车仍然停靠在原地，一动未动。

上山容易，下山难。良再次取车下山，由于几天来超劳力地参与营救，体力早已透支。良力不从心，驱车下山准备回城，正当一路下行时，路过一段山边公路，稍不注意走了一会儿神，车子就像脱缰的野马冲出了公路，说时迟，那时快，良紧接着就是一个急刹车，轿车这才停了下来，两个前车轮却已经悬了起来，天呀，眼前和脚下就是百丈悬崖，陡立无比。

好险！若是连车带人冲下悬崖，必将是车毁人亡。我们不敢怠慢，惊魂未定从轿车里逃命地钻出来，才算逃过了一劫。正当我们站在悬崖边上一边抽烟，一边安定身神之时，父亲发话了："良儿，我活了60多岁，从未遇到过这么大的生死大难……"

就是父亲的这一句话提醒了良。只见良急忙甩掉香烟，突然想起在轿车的后车厢里还有几十万元的现金呢。

我忙问："良哥，咱们进山时，你可没有说是游山玩水的呀，带这么多现金干什么？"

良边打开后车厢盖，边说："这就是我和父亲的约定，本来那天我是给父亲送现金来的，这是翻盖校舍时急用钱的一部分，谁能想到会遇到泥石流呢？"

我又问："一共多少钱？"

良说："40万元。"

我不禁倒吸一口凉气。这时，良打开了后车厢，取出一只蛇皮袋子所装的40万元现金，再次退回到悬崖边上，我的天，意想不到的惊险一幕又在我们眼前发生了，轿车如一支离弦之箭，翻身向悬崖底部坠落而去，只听轰隆几声，就不见了踪影。

父亲吓得差点儿没有晕过去，终于定下神来，一阵惊呼地说："好，好啊，真是天意呀！"

良问："爹，你是不是吓糊涂了？还说是天意？"

父亲最后不无感慨道："是天意，是天意呀！要不是你和我约定好的，就不会这么快来救我，不会带这么多现金进山，要不是这几十万元现金放进后车厢，后车厢里如果没有这几十万元现金压在车屁股上，我们早已连车带人掉进悬崖，谁也活不成了……救人救己，难道不是天意？！"

我一阵惊愕，难道这就是传说中的生死悬崖？我知道，朋友良为人豪爽，做事低调，虽在城里做原材料生意多年，也由当初的小包工头转变成了大老板，但有钱后的良没有忘本，在大山深处的家乡投资兴建了这所希望小学。

山峦巍巍，雄心壮志，志愿之行，信念永恒。那一刻，我们都深有体会，理解地深深拥抱在一起，无语即是千言，忍不住泪流满面。

把事情做精

1928年1月17日,他出生在英国伦敦东郊一个贫穷的犹太人家庭。怎奈命运弄人,母亲生下弟弟后不久,却又遭到父亲无情遗弃。一个苦难之家从此雪上加霜,分崩离析。

5岁时,无力抚养他和弟弟的母亲,把他们送去孤儿院。他在孤儿院里,暗淡、混乱而卑微地度过了整整十年。十年后,母亲改嫁,才把兄弟俩接回到自己身边。继父把他和弟弟视为己生,关怀备至。

14岁那一年,有一天夜里,心力交瘁的母亲做了一个大梦,梦见自己的大儿子已经长大成人,手里拿着一把剪刀,正在忙碌着为别人剪头发。母亲醒来后,以梦教子,之后就强迫地把他送到一个叫阿尔道夫·科恩的理发师那里当学徒,期望他学会一门手艺,也为他将来能够自力更生,养活自己。

每天,他和其他学徒一样,从最基本的粗活累活做起,很快得到师傅的赏识,因为在师傅眼里,他不怕吃苦,又异常勤奋,这才是他最优秀的品质。所以,师傅把调制染发剂的粗活都交给了他来做,因此,他每天都和漂白粉、双氧水之类的化学品打交道。

在学徒之余，他还经常利用晚上的时间跑到附近的美发学校去听课，更深入了解和学习美发知识，并从中发现美发行业原来是个很有意思的事业，更让他懂得了如何利用别人做过的发型和技巧，激发并创造属于自己的新灵感和新作品。

7年后，他经受了在第二次世界大战中失去亲人和加入战争的洗礼，22岁的他终于走出痛苦和磨难，全身心地投入到自己的美发工作之中，安下心来学习美发手艺。两年后，他得到深爱他的继父的资助，用1400英镑作为本钱，在伦敦的一条小街上，开了第一家自己的小型发廊。

此后数年，他以此不仅养活了自己，而且他的发廊生意越做越大。他通过观摩、学习和探索过程，不断从别人的剪发发型中找到灵感，突破性地创造出自己的新发型作品，独创了“造型剪”技巧而名噪一时，也成功地掀起新的发型潮流和美发时尚。

35岁时，他用灵巧的双手，精湛的造诣，营造出被称为世界美发史上革命性的发型——“BOB”头发型，并成为里程碑式的潮流领袖而轰动欧美。39岁，他的发艺事业也从最初的小发廊达到了巅峰。40岁时，忙碌之余，他开始思考自己的奋斗史，写出了第一本著作《很抱歉，夫人，我让您久等了》。47岁，他与前妻柏芙丽合著的第二本新书《健康美丽的一年》问世，成为当年的三大畅销书之一。

55岁，他宣布退休，定居美国，并做出重大决定，卖掉并放弃自己的发廊事业，将自己的名字命名的商标卖给了美国宝洁公司，开始寻求新的事业机会和发展目标。不久，由他创建的国际美发学院成立，用以培训来自世界各地的初学者和发型师。他还成立了自己的“基金会”，为社会底层的人们提供捐助和教育机会。迄今30多年过去，他的新事业再次成为跨国企业，以他的名字命名的美发品牌系列产品更是畅销全世界。

他就是国际发型界的时尚巨匠维达·沙宣。2012年5月9日，在美国加州洛杉矶的寓所内，已患白血病两年的他，最终走完了84岁的人生之路。他也是被称为世界公认的发艺顶级大师，并带动着世界美发业变革的传奇人物。他的名字早已成为流行欧美的时尚热词，其品牌广告在全球范围热播，风靡度经久不衰。

因此，成功不在于做什么，也不在于起点的高低，而在于把事情做精，满怀憧憬，忠实梦想，即使是一门小手艺也能成就大作为、大作品和大事业，实现财富价值，创造传奇人生。

无悔的搀扶

他16岁，还是一名刚入学不久的技校生。一天下午放学后，他从学校骑电动自行车回家的路上，遇到了一件十分棘手而尴尬的事情，差点把他推上被告席。

这天下午4点多，一位女士被另一辆载着货物的电动自行车撞倒后，肇事车逃逸。随行其后的他停下来，与别人合力将摔倒受伤的女士扶起，并挪至路边坐下。然后，他掏出手机，拨打“110”“120”请求救援。正在这时，稍稍清醒过来的受伤女士一把抓住他的裤腿：“你不能走，是你撞了我。”他没有多想，知道这只是一个误会。

警察随后赶到，女士也被抬上了急救车，呼啸而去。女士因左腿两处骨折，住院治疗需要不少钱。女士的家属也嚷着让他赔钱。

消息传到他的家里。妈妈听说儿子遭到诬告，由一位救人者变成了“肇事者”，车子也被警察暂扣，感到非常难以接受。

处理这起事件的警察犯了难，说：“躺在医院里的女士一口咬定，就是他撞了自己，如果你们能找到两个或两个以上目击证人站出来做证，以证明他就是救人者，而不是肇事者，对处理这起交通事故以及起到的作用，至关重要。”

事已至此，似乎呈现出些许转机和光明迹象。然而，接下来发生的变故却出乎所有人意料。发生这起事件的路段，正是繁华喧嚣的商业中心，道路两侧布满店铺，尤其上下班高峰期人流如织。谁才是他们要找的两个目击者呢？

十多天过去了，每天中午在人流密集时，妈妈领着儿子，一家店铺、一家店铺地询问和寻找，有的人说我看到了，不是你儿子撞的人，他是做好事，但一听说要到交警大队去做笔录、按手印，却没有一个人愿意去。妈妈身体不好，患有高血压，平时靠骑车送报纸赚钱和吃低保度日，家境低微程度可想而知。自从儿子“出事”之后，一想到有可能承受数万元的现金赔偿，她茶饭不思、夜不能寐。

此事引起关注，经媒体报道传上网络。网友们纷纷与“天津许云鹤”“彭宇案”以及“佛山小悦悦案”联系在一起，“搀扶门”事件由此传遍全国。

他和妈妈经受着寻找目击证人的煎熬和压力，直到警方将监控资料、伤情鉴定和肇事车辆等证据送往专业鉴定单位做声像处理、痕迹鉴定等，检测结果均显示伤者左腿骨折不是与他所骑的电动自行车接触所致。“搀扶门”事件终于真相大白，尘埃落定，但影响并没有结束。交管大队经过认真调查得出结论，他被排除交通事故肇事者嫌疑后，有热心市民为他送来大红锦旗，有关部门还给他送来了慰问金。

经历半个多月煎熬，他眉眼弯弯，依然爱笑，热爱生活，精神乐观。记者问他：“经历这次事件和误解，你后悔过吗？以后碰见助人为乐的事，你还会做吗？”他没有丝毫犹豫，斩钉截铁地说：“我不后悔，以后碰到了还会去做，因为在当时情况下，如果我不下车，主动去扶她，过路的车子也依然会撞到她……”

他就是此次“搀扶门”事件的主角，仅有16岁的武汉少年张聪。少年张聪用自己的行动和坚持，赢得了公众的敬意和钦佩。

助人不言悔，原来在茫茫人世间，总有一种善良让人无怨无悔，终生坚守。

·为高尔夫球安眼睛

杰瑞米·佩森诺出生于美国佛罗里达州，父亲在一家高尔夫公司俱乐部当工程师。12岁那年，少年佩森诺第一次跟随父亲来到俱乐部打球，便被小小的高尔夫球迷住了，并深深爱上了这项刺激而不失浪漫的球技运动。

几年前的一天，18岁的佩森诺已是美国圣地亚哥大学的一名大学生，一早醒来，突然发现双眼视力越来越模糊，以为是视力下降所导致的，且到验光师那里配了一副眼镜。不久后医生告诉他，弱视是一种非常罕见的遗传性视神经病变造成的，医学界至今对它束手无策。

佩森诺无论如何也不能接受双目失明的事实，这突如其来的打击使他在短时间内一蹶不振，甚至绝望。这时，父亲走过来，深情安慰他说："孩子，请相信，这世界上永远没有更糟糕的事情，除非你自暴自弃。"

6个月后，佩森诺决定重拾以前最爱的高尔夫球运动，父亲为其感到非常意外和欣喜。经过验证，父亲充当他的视觉教练，两人开始协力完成一次击球动作，第一杆球终于挥出去了，虽算不上标准或成功，但毕竟是他重新振作起来后选择坚强的第一步。在球场上，父亲就是他的眼睛，不停地为他描述球洞距离、沙坑形状以及球道上河流、湖泊、池塘或者小溪的位置。每次击球前，父亲为他调整双脚距离，让击球面和身体尽量与目标保持平行，为找到击球准确方向，佩森诺还将下巴放到父亲的肩膀上瞄准。

两年后，20岁的杰瑞米·佩森诺报名参加在英国举行的国际盲人高尔夫球锦标赛，一路打进决赛后，并以89杆的好成绩，超过标准杆19杆而捧得了冠军奖杯，成为最新一任"黑暗中的头号球手"。

这一年的感恩节到了，佩森诺特意跟随父亲，来到他自失明后挥出第一杆的高尔夫球场，重新捧出冠军奖杯，并送到父亲的手上，以拍照留念，实为感恩。佩森诺说："原来是父亲，为高尔夫球'安装'上了眼睛，因为他首先替我做完了所有工作，而我只是充当那个挥杆的人，没有他，就没有我后来所取得的进步和成绩。"

美国小保姆的“以卵击石”

现年22岁的美国女孩茱莉，是一个兼职小保姆，但是她迫使一家大银行取消了向借记卡用户征收月使用费的新举措。这是不是很让人感到不可思议呢？她又是如何成功击败大银行的呢？

原来，茱莉不久前听说，这家银行宣布要向所有借记卡用户收取使用费，金额为每月5美元。她掐指一算，一个用户在一年中就有60美元白白蒸发了，这不是明摆着压榨老百姓的血汗钱吗？这件事让茱莉简直是义愤填膺，怒发冲冠。她打定主意，决定向银行展开挑战，绝不束手就范。

接着，她上网来到美国一家允许任何个人与团体都能发布议题的无党派网站上，发起了一场声势浩大的请愿活动，号召网民在她自拟的请愿书上签名以示支持，促使银行取消这一不合理收费。

最初，茱莉的请愿活动并非一帆风顺。网民们虽然承认她勇气可嘉，但也为她的较真和较劲感到可笑。有人说，你一个小储户怎么可能撼动大银行改变举措？你同银行对垒，简直是一个天一个地，如此抗衡无疑是自不量力，拿鸡蛋往石头上砸，还是接受命运吧。

更多的人则对茉莉的行为和意图表示质疑，你不喜欢这家银行，可以换一家银行存储嘛，干吗这样一根筋，在一棵树上吊死呢？而最终，茉莉没有接受命运，她唯一的理由就是，在美国并不是每个人都有随便换银行的自由，因为在有些地区，跑出多远的路，找来找去就只有一家银行，存储业务早被垄断了。

但不管怎么说，茉莉自从在网站上发起请愿活动之后，得到了数十万网民的支持，前后在不到一个月的时间里，网民的签名信件像雪花一样飞来。还有人甚至在请愿书上签名后，仍感到不过瘾，另外附言说："美国人民在金融危机期间，花钱拯救了制造危机的美国银行，它怎么还好意思从借记卡中压榨用户一年 60 美元的费用呢？"

最终，这家号称名列全美第二大银行也犹豫不决了，皆因一个 22 岁的小保姆茉莉对征收借记卡 5 美元使用费表示不满后，上网收集了 30 万个支持者签名，抗议诉求，势不可当。银行终于在宣布收费一个月后，被迫收回成命，取消这一收费举措。

但深远影响并未就此结束，美国曾有过收取借记卡月费打算的其他大型银行纷纷打了退堂鼓，在茉莉的这场影响巨大的请愿活动中甘拜下风，败下阵来，征收计划没有推出便胎死腹中。

在现实生活中，一个人感到无奈无助甚至无能为力时，不妨勇于借助集体和人脉的力量，直面现实和苦难，走出困惑与窘境。因为，只有公众、公开与合理的诉求和愿景，才能赢得其他人的友谊、支持和帮扶，既能改变自己的命运，同时也能改变更多人的命运。

把楼梯做成“钢琴”

工作和生活在高楼层里的人们，大都是以乘电梯的方式享受上上下下的感觉，越来越不喜欢爬楼梯了，出于锻炼身体舒展身心考虑，还是倡议大家多多走一走楼梯为好。

如何让人们喜欢并乐于爬楼梯呢？不久前，在瑞典首都斯德哥尔摩，一个地铁站的进出口楼梯被人别出心裁地进行了“改装”，就是把每一阶楼梯用油漆刷成了黑白两色，就像是钢琴的黑白键盘一样，不要以为这是有人出于好玩而搞的恶作剧，而是德国大众汽车瑞典分公司的工作人员为改善人们行为方式，突发奇想才想到的绝招妙计。

工作人员先是利用夜晚时间，在这条楼梯上安装了压力传感器，然后把楼梯漆成钢琴的黑白琴键。传感器与扬声器相连，当人们走上楼梯，每走一个台阶，就相当于按下一个琴键，扬声器就会播放出相应的音调，不同阶梯发出不同的音调。这种式样新颖的“钢琴楼梯”出现没多久，进出地铁站的人们就喜欢上它了。

另外，除了上班族，“钢琴楼梯”还非常能吸引小孩子。对他们来说，走“钢琴楼梯”除了有趣之外，还比乘手扶电梯来得安全。改造之后,这条楼梯的使用率提高了66%。一些人还将自己在这条楼梯上“创作”的音乐视频上传到互联网上,颇受欢迎。

相信不少人在楼梯与电梯并存时,会选择后者。但如果这个楼梯踩上去会发出悦耳的钢琴乐章呢?这种新颖的钢琴音乐楼梯设计成一个巨大的钢琴键盘,目的是鼓励人们“多动动”,在上下楼梯的同时,感受运动和钢琴美妙的音符所带来的双重快乐。

把“缺憾”转化为商机

“狗仔队”一词，很多人并不陌生，他们有敏锐的职业嗅觉和行动力，追逐明星大腕足迹随风而至，惯以“偷拍”猎取媒体所需要的图片或视频，迎合大众的猎奇心理和娱乐市场。但有没有人想到过，如果把“间谍”般的镜头对准普通人或美好或浪漫的生活瞬间，其市场商机如何呢？答案当然是肯定的。

家住美国纽约的詹姆斯就开了一间名为“偷拍反应”的狗仔摄影公司，自开办之日起，生意出人意料，非常火爆。而产生开设这么一家公司的念头，则是源于自己的一次求婚经历。两年前，他向女友求婚成功，2013 年 10 月举行婚礼，但一直让他深感缺憾的是，没能留下任何可以见证的东西。他说：“婚礼、洗礼和其他重要时刻大家都会拍照下来，为什么要漏掉浪漫的求婚瞬间呢？”

由于詹姆斯本身就是一名资深摄影师，也在做报纸杂志服务的狗仔队角色，偷拍技术十分娴熟，且富有经验。为弥补深植心中已久的缺憾，他和妻子凯特结婚后，灵光一闪，想到这是一个替大家留住求婚时感动瞬间的绝佳机会，并开设了一家自己的公司，专门把镜头对准普通人，为求婚的情侣提供“求婚大偷拍”服务。

公司开业后，市场大有可为，很多纽约年轻人排着队约他去偷拍，广受欢迎。詹姆斯发现，与那些明星大腕们在遭到狗仔队偷拍后对比，所表现出的愤怒截然相反，普通人都巴不得有人来“偷拍”他们浪漫求婚时的种种细节。

每一次偷拍开始，客户若是男性，那么被拍对象就是男性的女友。当男友跪下，问：“你愿意嫁给我吗？”女友若回答：“我愿意。”这时，詹姆斯就躲在事先约定好的暗处，迅速按下快门，以绝对把握，精准拍下女友的面部及形体反应。听到“愿意”后，詹姆斯就算大功告成，自己赚到了钱，男友抱得美人归，自然是皆大欢喜。

为扩大经营，吸引大众，多多赚钱，詹姆斯依据客户需求，还相继推出各种服务项目，分门别类地收费。当然，收费价格相当昂贵，每增加一个服务项目都要收钱。基本偷拍一个半小时，所需费用450美元，若包括视频、照片以及女友反应瞬间的全程记录，则收到多达750美元的佣金和劳务费。

即便如此，生意仍旧常常爆棚，客户接踵而至，应接不暇。为使生意更趋人性化，不是所有爱情故事都有一个完美结局，如遇到求婚失败，公司除返还75%的费用之外，另送一瓶啤酒，宽慰和缓解一下求婚方的挫败感，言外之意是：“小伙子，没关系，继续努力吧！”

在詹姆斯带领和影响下，如今这种“求婚大偷拍”的事情已在纽约成为一门火爆生意，很多打算求婚的男女们排着队预约偷拍的狗仔队。因此，自2013年底公司成立至今，詹姆斯在大半年时间里大赚特赚，盆满钵满。

由此可见，詹姆斯由“缺憾”转化为商机，高明之处就在于，生活并不完美，人人难免没有缺憾之事，倘若从自身的诉求出发，站在别人立场上想事情，那么你的诉求也是别人共有的，有诉求才有市场。正所谓查漏补缺，商机所在，生意不火才怪呢。

三枚硬币成就的CEO

她24岁时，家族企业破产，欠下巨额高利贷，生活一下子跌入深谷。他们曾一度被认为，即使全家人努力工作一辈子都无法还清。为给18个月大的女儿挣奶粉钱，她把她寄养在别人家，走出家门找工作。可是，一个月过去了，她一连应聘好几个岗位都没有成功。

有一次，她要出门，搜遍全身竟连坐公交车的钱也没有找到。她顿时感到万念俱灰。

她性格内向，可这时候已顾不得羞怯，找到邻居，说出来由。邻居了解实情后，给了她三枚硬币："拿上吧，或许你今天出门，就能找到事做。"这三枚硬币是供她坐公交车用的。

她在一幢破旧的大楼前站定，再次告诫自己：无论面临怎样待遇，都要无条件接受，因为她连坐车回家的钱也没有了。面试她的老板问："你想做什么工作？"她说："我看到这里需要行政人员，就前来应聘了。"老板微笑着说："进入公司之前，必须接受培训，你同意吗？"她接受了这个条件。为时三天的培训结束，她却成了这家公司的一名化妆品推销员。

她第一天上班，背着一大包化妆品上街销售，遭到同事一阵嘲笑——原来她穿着平底鞋就跑出来了。这时，她身无分文，哪里还买得起一双高跟鞋呢？别人从与客户接触到成交产品仅需几分钟，而她紧张得要命，一身冷汗，一句话也说不出来。她奔波劳碌半个月，也没能卖出一件化妆品。

第十六天的一大早，她按时来到公司办公室便接到行政人员的祝贺：有一名客户已经愿意签她的订单了。她听到这个消息，一时忘记浑身酸痛，欣喜若狂。

她开始苦练营销术。每天收工回家，她对着镜面练习如何微笑；把镜子里的自己当作客户进行交流，练习胆量。她每天早出晚归，从一天推销掉一件化妆品，到全力以赴售光当天的所有化妆品，付出了很多心血和极大努力。她不想让女儿看到自己携带沉重的包裹回家。

一年后，由于业绩突出，她当上了这家公司的行政管理人员，月薪增至25万韩元。但好景不长，公司总部突然改变经营策略，由上门销售改为货架直销，一个庞大的推销团队不得不接受解体的厄运。她再次沦为无业游民。

危机也是重新创业的商机。经深思熟虑，她成立了自己的团队和一个新的化妆品公司，并创建自己的化妆品品牌。不久，自主品牌的化妆品上市了，公司员工增加到20人。她摇身一变成了这家公司的CEO，开辟新的市场。

10多年后，她本人不仅还清了以为工作一辈子都无法还清的巨额债务，在韩国还赢得超高的赞誉。她以自己的创业打拼经历写就的《把自己放在悬崖边上》一书，受到时任韩国总统李明博的热力推荐。

这个女子就是韩国顶级化妆品品牌“八高魅力”的CEO朴炯美。她以惊人意志力渡过重重难关，在销售领域展现非凡才能，并从身无分文蜕变成年薪12亿韩元的品牌公司掌门人。

一把椅子做了3年

5年前，余浩大学毕业，已在中国建筑设计研究院上班3年有余，回想起过去的3年时间里，每天朝九晚五地对着电脑，“高大上”地画着上百米高建筑的图纸，甚或数十平方公里的城市规划图，陡然感觉理想中的建造与现实生活越来越遥远，甚至陷入迷茫之中。

比起国内外建筑大师和国家级建筑项目，余浩一直渴望接触更真实有趣的造物过程。他说：“我小时候在南方长大，至今记得木工师傅来家里打造家具的情景，由衷地喜欢传统家具的古朴感，也爱上了手工造物的踏实感，是件非常神奇的事情。”

半年后，余浩毅然选择辞职，由建筑师变身为木匠，搬家至远离北京市区的地方，租一处小院住了下来。整理小院，粉刷墙壁，购置专业设备，房屋里空空荡荡，缺床就自己做床，缺衣柜就做衣柜，缺书架就做书架，小院的檐廊、室外椅子和晾衣架，直到将院落和房间做满各式家具为止。余浩做完这一切，小时候的记忆随之唤醒，加上多年来的专业训练，便产生出自己设计和制作木质家具的想法。

曾经被其称为“1号椅子”的作品，灵感来自明代圈椅，余浩从样稿到材质，从扶手到背杆等，一改再改，一把椅子竟做了3年之久。直到有一天，他看到一位木工界大师的一句话，大意是："我收来许多大木材，但我不急着做什么，常年看它们在雪里在雨里，由它们自己决定是什么，我只是依它们的意愿，让里面的灵魂再活过来。"

整整3年，余浩做了无数把"1号椅子"，一直在反复修改中，才将它调整为更适合普通居室尺寸，优化靠背部分舒适度，材料也从开始的松木、橡木，最终选定为白蜡木，坚固、更轻，好看花纹有着民间的、雅致的、日常生活的细微情愫，而椅面选用可再生的环保材料牛皮纸绳编织，让人感觉冬暖夏凉。

而今，4年过去，余浩远离城市，归隐园居，其木作家具工坊"田间作"初具规模。随着品牌知名度日益提高，他的"1号椅子"也已进入量产阶段，预示着这把做了3年的手工实木椅子，将进入更多家庭和居所。

“限时营销”的鲜花闪店

快闪，早年起源于纽约的快闪行动，许多人在明确时间和指定地点，同时出现并大跳一段指定的歌舞，然后迅速闪开，成为多年来风行全世界的一种文化现象。近年在国内外，以鲜花快闪为关键形式的快闪店（简称“闪店”）便应运而生。

张杰是上海一间名为“花装置”的工作室负责人。他把“鲜花+快闪文化”打造成时尚营销新模式，专门为经营时尚潮品的商家主持和定制经营策略和服务，将鲜花闪店开设在商家品牌店铺内，从视觉设计入手营造惊喜感，再把时尚商品陈列其中，以“过时不候”的营销方式，提升消费人气和品牌效应。

张杰作为花艺设计和装置的深度爱好者，现已是国内为数不多的时尚陈列花艺标志性人物。多年来，他的客户包括LV、Burberry、Zegna、MCM、梵克雅宝等世界级奢侈品品牌，纷纷推出自己的鲜花闪店，都是由张杰和他的花装置工作室负责定制的，迅速成为线下零售行业的关注焦点。

鲜花闪店跟传统花店截然不同，因为每间闪店的开设和营销活动，仅限时销售3天。张杰表示："无花时美在自身，有花时锦上添花，我们卖的是大胆创意，以鲜花与近年盛行于世界的快闪文化相结合，用夸张而富有想象力的现场花艺布置和商品跨界组合，来呈现吸引顾客眼球的视觉感。"

闪店与空间配合，商品限时销售，既汲取了快闪文化的精髓，又深刻赋予鲜花快闪的陈列展示和商业属性，从视觉感官上契合商品文化，进而提升品牌意识与形象宣传。限时3天之后，闪店如期关闭，但顾客纷纷拍照，将照片继续在社交媒体上传播，为店铺商家及商品品牌赢得更广泛的宣发和讨论。

张杰坦言："由于受商铺内现场及灯光效果限制，做闪店既是艺术活，也是技术活，绝非随心所欲，选址和创意同等重要，比如在商场内的中庭或空铺有足够的发挥空间，而且一开始就要目的明确，想清楚为什么要做，你才可以动用所有资源去实现目标。"

现今，鲜花闪店在海外零售行业被界定为创意营销和零售店面相结合的新模式和新业态，成为限时短期经营的快闪形式和时尚潮店。而在国内，鲜花闪店要成为新业态，尚有更为广阔的市场和事业天地，有待推广和拓展。

靠亏损名扬世界的“最佳餐厅”

在西班牙，远离巴塞罗那市的卡拉蒙特霍伊镇，有一家名为“斗牛犬”的餐厅，绝对称得上是全球最牛的餐厅。由于餐厅一向主张业务“不盈利”，自1987年至今，连续近25年一直处于亏损状态，这并不能阻挡它在全球范围内的极大影响力。

它曾经5次荣获“全球最佳餐厅”称号，并成为每一位餐饮经营者梦寐以求的“米其林三星”餐厅而闻名遐迩。据说，慕名申请进餐的人数以百万计，每年达到200万余人次，但人人都不能像中大奖一样梦想成真，因为按餐厅规模计算，人从一出生就开始申请排队，大约需要等待50年才能够轮到一次。

这家餐厅非常特别，“亏损”就在情理之中。因为在一处背靠青山、面朝地中海的白色别墅内，只摆设15张餐桌，每张餐桌前布置2—8张宽大座椅，且从2001年起，每天只供应晚餐，每晚只服务50名客人。这还不算，它每年只营业160天，每位食客最高消费也不过区区230欧元，而餐厅雇用的主厨却有42人之多，每道菜品的工艺都极其精到和烦琐，每晚会为客人提供28—35道菜……

这么抢手的餐厅,需求又如此紧俏,更具传奇色彩的餐厅合伙人费兰·阿德利亚和他的弟弟阿尔伯特完全可以将餐费定得更高,但他们坚持不改"不盈利"初衷,始终让价格停滞在每一位普通人都能接受的水平,"亏损"局面就成了板上钉钉的事,亦不再难以理解。

"斗牛犬" 餐厅最早是由德国人汉斯·谢林和他的妻子玛科塔初建,于1964年由酒吧改为餐厅经营。1975年,"斗牛犬"被欧洲历史悠久的餐饮行业评审机构"米其林"评定为米其林一星餐厅,声名鹊起,经慕名前来进餐的巴塞罗那旅游的游客口口相传,而扬名世界。

有"全球第一名厨"之称的费兰·阿德利亚的传奇故事就是从加盟"斗牛犬"餐厅后开始的。他从一个不起眼的洗碗工做起,自学厨艺,于1983年21岁时加盟"斗牛犬",勤奋好学,苦心钻研,厨艺突飞猛进,4年后成为餐厅主厨,以其丰富想象力,对菜品进行大胆改革和创新,成为菜品革新的领军人物。在过去25年间,他和弟弟阿尔伯特一起,带领大约2000名主厨、厨师还有侍者等,让"斗牛犬"5次荣获"全球最佳餐厅"称号。

为专门研究新菜品,2000年他还在巴塞罗那市中心建立起自己的工作室,除了装备锅碗瓢盆外,还有许多高科技装置,并发明出液体状的意大利面和泡沫状的马铃薯,"斗牛犬"由此获得餐厅最高级别的"米其林三星",2006年后被英国《餐厅》杂志连续4年评为全球第一餐厅。费兰本人则被冠以"全球第一名厨"的美誉,其背后充满奇异和神秘的传奇故事被公众所熟知。

让更多人关切和疑惑的是,"斗牛犬"连年高额亏损,它又是如何生存下来的呢?不过在费兰看来,虽然主张"不盈利",但这并不是难题所在,因为他永远秉承"创意第一"的理念。为了使餐厅能够正常运转下去，他无时无刻不在想尽办法搞“创收”，他的美食类图书出版发行，售价高昂却畅销不衰，每本书籍的发行量多达千万册；开设培训课程，也为他每年吸引来自全世界各地的大批厨师学员，与许多大牌食品建立合作关系，把餐具或烹饪服贴上“斗牛犬”的标签等广开财源，带来大笔收益和滚滚财富。

即便如此，在2011年7月30日，“斗牛犬”餐厅突然召开新闻发布会，宣布即日起“关门大吉”。但不管怎样，“‘斗牛犬’没有死亡，我们只是驯服它”。它将在2014年，以美食烹饪学院和非营利的美食智囊基金会的全新形式完成华丽转身，再度出现在公众面前，由餐厅改为潜心经营的烹饪学院，继续开发烹饪新技巧和新口味。费兰表示，他25年如一日，每天工作15个小时实在太累了，根本无法创新，在他看来创意永远是第一位的，顾客才是第二位的。

有创意誉满全球，无创新举步维艰。这就是“斗牛犬”餐厅在亏损中负重前行的理想和信念，也是在亏损中长盛不衰的真实奥秘和独到之处。

把空气变成“大油田”

10年前，赵新还是一位“80后”大学毕业生，在南京读大学期间，每天都经过一家加油站，闻到一股刺鼻的汽油味。有一天，他突发奇想，有没有什么办法，可以把挥发在空气中的有机气体“抓”住，进行技术处理，再生成汽油？为此，他绞尽脑汁。

功夫不负有心人。2002年，赵新大学毕业，考上了研究生，在读研的4年里，刻苦探索和研制，自主研发出“有机气体分离膜”的核心技术，成功达成油气从气态转为液态，最终实现回收再利用。

赵新决定不走寻常路。2006年的夏天，他应聘进了一家合资企业，成了一名技术员。在工作中，他一边继续完善自己的研发技术，积累经验，一边偷师学艺，向先进企业学习管理经验。2007年10月的一天晚上，赵新在新闻中看到一则消息，国家对加油站、储油库以及汽油运输连续出台了三项大气污染物排放标准，嗅觉比较敏锐的他，当即预感到大展拳脚的机会来了，很快辞去稳定的工作，自主创业。

万事开头难。在创业之初，由于公司规模不大，又没有什么知名度，很多储油库和加油站对他的产品根本不了解，总是以怀疑的态度把他拒之门外。坚持就是胜利，2007年至2008年的那段日子里，赵新马不停蹄地跑了20多家储油库，最终只拿到了5家民营企业的改造工程项目的订单，免费提供产品和安装设备，但回收来的汽油，则以折价再卖给这5家储油库企业。

之后，在长达一年半的时间里，受全球经济危机的影响，赵新的公司竟然一份订单也没有接到，没有产品订单，企业就意味着"死亡"破产。2009年全年，公司的资金几乎到了弹尽粮绝的地步，为保住厂房和留住员工，赵新不得不刷信用卡中的预支资金来支付，以确保企业不被解散。

2010年，上海世博会和广州亚运会相继召开，赵新等来了新的创业机遇，成功地将"有机气体分离膜"等整套系统的产品设备推销给了上海6家储油库。2010年下半年，赵新连续调整经营策略，由被动转为主动出击，又将产品成功地打入了中石油、中石化等大型企业，事业开始蒸蒸日上。据环境专家介绍，1吨汽油在转运或加油过程中，大约产生9公斤的油气，如果一座储油库每年转运15万吨计算，就会产生675吨的油气挥发进入空气中，而一个常规的加油站经过"分离膜"设备系统改造后，每个月大约能够回收3吨的汽油。

2011年初，赵新所在的南京市共有8座储油库、183辆油罐车和310家加油站，全面启动油气回收污染治理。赵新和他的公司一举承接了其中的4座储油库改造工程的订单，据推算，一年可回收汽油总计约2500吨，从长远目标看，每年产生的经济价值在3500万—4000万元。

至2011年底，以赵新为CEO的天膜科技公司终于等到了开辟财源，坐收财富，不断创造经济利益，完全实现扭亏为盈，还为国家纳税900多万元。他本人被评为2011年度南京市的科技型创业家，同时他也成了南京市最年轻的科技型企业家。

进入2012年，赵新和他的公司早早展开了拳脚，只要有油气排放的地方，就能够把空气中的油气“抓”回来，转变成可以出售和使用的汽油，而且还能卖出和汽油同等的价格。赵新因此被喻为科技型企业家当中的“科技达人”。

从空气中“抓”汽油、毕业5年成就千万财富的赵新告诉我们：生活中处处是机遇，只有让创业的每一步都饱含激情、坚守契机和智慧，更要储备丰富的知识、经验和技术，才有可能达到预期的梦想和目标以及看似不可实现的成功和财富。

“爱好”不会失业

1914年11月11日，希德出生在英国伦敦一个小市民家庭，由于早年时世艰难，1929年，他在不满15岁时就开始打工挣钱养家了，而且这一干就是整整82年。2011年11月8日，这位为打工痴狂一生的老人终于在他97岁生日的前三天宣布退休，真正活到老也打工到老，人生中大部分时间在打工中度过。

1939年，25岁的希德被英国皇家部队征兵入伍，从事机械维修，奔赴北非及意大利前线战场，在枪林弹雨中冒着生命危险“打工”6年，直到1945年第二次世界大战结束。退伍还乡，希德继续打工，在一家机械公司里做营销员的工作。

这一年，他的外甥长大成人了，在自家门前开了一间副食品商店，由于缺少人手，特邀他前去帮忙。1990年，外甥移民至西班牙寻求发展，商店只好关门大吉。

这时，他已经76岁，原本早已过了退休年龄，正当颐养天年享受天伦之乐之时，突然发现自己没有了工作，就像生了一场大病一样。强大的落差让他感到浑身难受，强烈的工作欲望占据了他的身心，怎么也停止不下来。

他再次踏上寻求打工之路。这时，他早年当兵时的一位战友帮了他的忙，说："来吧，我来为你安排一份工作。"就是这份工作，让他重新找到了活着的价值和意义。他在一家建材超市当了一名园艺师，做一些为花木草坪修剪、浇水和施肥的活儿。

最初几年，他干得兢兢业业，把超市周边的花圃侍弄得像个大花园。但随着年事更高，他连修剪花木的活儿也干不动了。超市经理看在眼里，既心疼又无奈，但不想伤人自尊，一年后为他指派了一个较为轻松的岗位，让他在超市门前做了一名迎客员。

他幽默风趣，恪职敬业，在此岗位上很快找到了新的乐趣和归属感，引来很多回头客，大都是冲着他的敬业精神和笑容可掬的服务而来。经理的这一举措，使得超市的生意更加红火。

2011年11月11日，正是他97岁的生日。退休后，有人问他："你打工一辈子，可谓是工作了一辈子，对此，你有何不一样的见解？"他耳聪目明，精神矍铄，挺了挺上身，爽朗地说："现在看来，我的一生还算平淡无奇，打工是我的一个'爱好'而已，不过，是最大的爱好。"

因此，他被称为英国工作年龄最长、年事"最老的打工仔"。不仅如此，从其人生阅历中不难发现，他居然从来没有失业过。

小小橡皮筋演绎财富传奇

十几年前,他来到美国,硕士毕业后,在一家汽车公司担任工程师。

2010年的一天,他下班回到家中,看到两个女儿特蕾莎和米歇尔正在玩耍。为讨女儿欢心,他腾出手来也加入她们的兴趣之中。原来,两个女儿正在用橡皮筋编成彩色的手链。当和女儿们共同编织时,他才发现自己的手指过于粗大,编织起来有些小难度。

如何让编织过程更轻易一些?他的脑海里首先产生一个灵感,这得制作一个编织橡皮筋的工具才成。于是,他找来一块木板,并在木板上简单地钉了几个图钉。这样,橡皮筋就能够灵巧地在编织板上绕来绕去了。然而带图钉的木板同样显得笨重,起初并没有赢得女儿们的认可。

他对此却没有放弃,继续往木板上加入更多的图钉,一排、两排、三排,一共钉到四排的图钉,再把一根根橡皮筋在其中缠绕时,竟然能编织更大号的手链饰品。两个女儿终于被这个编织板深深地吸引住了,并给编织板取了个美丽的名字叫"彩虹织机"。

这原本是他为两个女儿做手工用的,而萌发创意发明和制造编织板的念头,后来在全家人一致建议和支持下,才准备制售这种看似简单却极为新奇的玩具。当时,他家里的全部存款只有1万美元,在美国的厂家不可能会接收这么小的预算和生产业务量。他将目光转向了中国的厂家,分别各投入5000美元,用于制作编织板和购买橡皮筋等其他套件。

2011年的夏天,第一批彩虹织机编织板和近千公斤的橡皮筋先后被快递到家中后,他和妻子陈亭芬就马不停蹄地忙活起来,利用下班时间,在家里组装彩虹织机的组合套件。

所谓彩虹织机是一款DIY玩具套装,实际上是一组被称作“编织板”的编织工具,由2个塑料模板、1枚钩针、24个塑料别针和600条颜色各异的迷你橡皮筋组成。就是这么一款极简单的玩具,却带出了极大的商业价值。

随后,他把这套产品套装搬到网上销售,由于民众不了解这种编织工具是做什么用的,也不知道如何使用这种新奇的编织玩具,销售并不顺利。接着,他们又把产品拿到了大型玩具店销售,同样因业绩欠佳而不了了之。

无奈之下,他和他的女儿想到了视频营销。他们在家里通力合作,把编织手链的过程拍摄成微视频,传上了美国一家最大的视频分享网站,以此告诉顾客如何使用这套新生的DIY玩具和编织工具。为提高产品更大的知名度,他们还在网上购买了广告,进行广泛传播。

可别小瞧了这套玩具,彩虹织机还具备超强的自我DIY的开发功能空间,不仅能启发孩子们的动手能力和创造思维,通过搭配各种颜色的橡皮筋,就能编织出各种各样的手链、腕带、项链、挂饰、戒指、卡通玩偶、节日吉祥物、动物、水果、笔套、蝴蝶结和帽子等,甚至还可以编织出一件西服，穿在自己身上。

重要的是，彩虹织机玩具还能把孩子们的注意力从令人上瘾的网络世界里拉出来，从电子产品中解放出来，转移到需要集中精力和发挥创造力的DIY活动上，甚至很多成年人也加入到了编织橡皮筋手链的行列。简直有一种神奇的力量，充满着无限魅力。

2013年暑假期间，在很多夏令营都禁止使用电子产品的情势下，因为这套彩虹织机编织玩具套装操作起来相当简单易行，每套售价15－17美元，却依然受到各夏令营活动和举办方的青睐。暑假结束时，这款彩虹织机套装玩具被列为全美最受欢迎的玩具之一，成为中小学生市场上最热门的“非iPad”设备产品。

至年底，身为彩虹织机发明人的他，不得不辞去汽车公司工程师的工作，转而在位于密歇根州的自家起居室里创立公司，在自家附近租用了一处近700平方米的大仓库，雇用了12个专职员工，紧张地投入到产品的分销工作中。

彩虹织机自诞生以来，他已将这套编织玩具推销给了全美600多家零售商，销售量达到了200多万件，销售总额超过了3000万美元。

几百条彩色的橡皮筋，加上一套DIY编织玩具，就能创造出数千万美元的大生意？没错！他的名字叫吴昌俊，是一位来自马来西亚的华裔美国人，一跃成了近年来美国创业者的典范，知名度堪比IT界的明星和投资界的大佬。

他的真实故事告诉我们：最棒的市场需求，往往就是从我们身边发现的。即使面对的是一根小小的橡皮筋，也能让它演绎成财富价值。不管你为什么缘由而努力，你都可以有所收获，甚至超越传奇梦想，让财富与奇迹齐飞。

“魔法娃娃”的缔造者

玛莲娜·别赫科娃1982年出生在俄罗斯西伯利亚，14岁时才随父母移民至加拿大。小时候，她和很多女孩一样喜欢收藏芭比娃娃，更喜欢像芭比娃娃那样穿一身漂亮的蓬蓬裙。到入学年龄时，她已收藏很多，加上商店大都有售，不再对这些娃娃感兴趣了，反倒对娃娃们百般挑剔，终于索然无味。

5年后，玛莲娜在加拿大温哥华高中毕业，考上了一所艺术与设计学院，学习美术专业。她在高中时代，就已开始制作娃娃了，只是涉足不深，对自己将要创造的娃娃形象还不够清晰。直到大学毕业，她一直坚持把制作娃娃当成业余爱好。

“魔法娃娃”这个名称，灵感则来源于她高中时阅读过的美国作家保罗·加利科的短篇小说，产生了共鸣，从此灵感出现了，之后便一发而不可收拾。这篇小说讲述的正是“一个娃娃制作艺人的浪漫爱情故事”。

大学毕业后，玛莲娜把制作娃娃作为自己的终身职业，多年前阅读过的感人故事一直在她的脑海中魂牵梦萦，魔法娃娃由此被确定为品牌，并立志以古老神话传说及童话故事为创作源泉，激发灵感，制作出像各种小说故事中那样摄人心魄的娃娃形象。

玛莲娜所创造出的娃娃如同真人一般，栩栩如生，如梦似幻，风格各异，不仅有民族风、中国风、古典美或是现代流行时尚，还赋予娃娃们精致细腻的服装和生动迷人的生命力，其华丽设计和精细工艺令人叹为观止。

在过去的时间里，玛莲娜不断地从小说、神话、童话故事里汲取营养、寻找灵感，以自己的解读方式重塑文学作品中的经典女性人物，如东方的慈禧太后、安徒生笔下的豌豆公主、格林童话里的睡美人……以不乏诡异色彩的想象力诉说着一段段瑰丽而古老的故事。

以一款名为“乔装的达芙妮”魔法娃娃为例，曾一举卖出了 60100 美元（约合人民币 37.5 万元）。这款天价美娃是如何“诞生”的？它被施了什么魔法和有何特别之处？引起很多买家不惜重金竞标、购买和收藏。

与芭比娃娃等其他传统娃娃相比，除了采用球形体连接和采用碳素钢所做的弹簧来组装，能让魔法娃娃关节灵活地转动，可摆出酷似真人的丰富造型等工艺和特点外，其基本材质采用的是中国的传统烧瓷技术，陶瓷细腻，非常接近人的皮肤，比其他娃娃的塑料材质或高级树脂材质更加技高一筹。

玛莲娜以烧瓷为底的做法，一直秉承精致美丽和永恒久远两大艺术品标准和理念。一方面，瓷的光滑、白净和脆弱，令瓷美人更接近于现实生活中的女性肌肤；另一方面，1912 年就沉于海底的“泰坦尼克”号邮轮，只剩下了庞大的金属身躯和残骸，但邮轮上遗留下的瓷器则光亮如新。

所有这一切，被刚刚大学毕业不久的玛莲娜率先视为奥秘而发现，当即突发灵感。她发誓要做就做常人做不到的事，创造出属于自己的“魔幻+神实”主义的特制美娃，让每一款魔法娃娃都具备吹弹可破的肌肤、曲线玲珑的身形、精致无瑕的妆容、绝美奢华的服饰以及摄人心魄的眼神，并立志以此作为自己的终身职业。

然而，要想创造和制作如此美轮美奂的魔法娃娃，绝非易事，从打磨模具、组装部件到设计服饰、化妆文身等，制作工序相当繁复耗时，既需要跨学科的艺术专业创作技能，又需要强大的毅力和体力。

玛莲娜不满足美术专业领域里的绘画或雕塑等单项工作。在大学时，她还专门选修了珠宝设计等实用性强的课程，最终走上了制作魔法娃娃之路。经过近年来刻苦的学习、掌握、积累和发展，她已非常娴熟地将雕塑、工业设计、绘画、雕刻、模型制作、金工工艺、时装和珠宝设计等跨领域和跨界限的专业技巧，运用到制作魔法娃娃当中。

可贵的是，在这个快速大批量生产盛行的时代，玛莲娜却反其道而行之，走出了一条和芭比娃娃大批量制作完全相反的道路，用一种"慢工出细活，跨界出极品"的姿态驰骋于商圈，引领出极品奢华的时尚之风。

在制作工序中，模型模具的制作最为耗时。玛莲娜选用烧制陶瓷这一基础材质，还需保持其如人体肌肤一样的自然光泽，每次进入新制作，都要从打磨每一个细小部件开始，精耕细作，一干就是5个多小时，工作强度极大。

在完成定型之前，陶瓷文身图案是魔法娃娃的魔法之一，是玛莲娜使用文身针刺绘和雕刻而成。定型之后，对图案上色，将瓷体放进瓷窑里煅烧。经历多次涂加陶彩和窑火淬炼，图案与娃娃躯体相融合，形成一幅美丽而耐久的玻璃状"文身"。

接下来，仅烧制陶瓷的过程就需要持续3－5天，每涂一层陶彩就烧制一次，如此反复地数次烧制，才能确定是否成功。为此，玛莲娜烧坏的样品不知道有多少，最后烧制成功的每一件成品都是不可复制的孤品。

令人惊叹的是，顶级时尚的华服又是魔法娃娃的点睛之笔。作为服装上炫目点缀的头饰、衣物和鞋子等，均取材于24K金、纯银、奥地利水晶、红宝石、翡翠、珍珠和特质精良的纺织品，经玛莲娜亲自加工设计和手工缝制，每一套完整服装都是尽显奢华气质的艺术品。缝制一套服装至少需要一个星期。曾经卖出6万多美元的“乔装的达芙妮”魔法娃娃，身高仅为37厘米，从开始制作到最后完成，就耗费了至少1000个小时的纯手工制作时间。

这一作品的灵感激荡则源于一则希腊神话。传说中达芙妮逃到威尼斯，众居民为帮助她躲避阿波罗的追逐，纷纷戴上面具跳舞狂欢，企图瞒天过海，却没能逃脱掉化身月桂树的命运。玛莲娜以此为题材，用创制魔法娃娃的形式重现了达芙妮在狂欢之夜的最后模样。

玛莲娜从没有局限在某一方面直至灵感枯竭，即使生活中的大小细节也会带给她制作魔法娃娃的激情。她坚信之所以着迷于此，正是因为这是一项跨越多个专业领域以及油然而生的艺术创造，更是一项关于生命从孕育到诞生的触觉体验，令人迷醉而感到丰盛和满足。

近年，玛莲娜带着她的魔法娃娃们已走向全世界，早已走出广为人知的玩偶娃娃界，还吸引了艺术界、收藏界乃至时尚界的敏锐目光，其中大量的魔法娃娃作品登上了很多国家和地区的报纸杂志，甚至做起了为其他品牌代言，拍摄宣传片。

但在玛莲娜看来，创作无极限，创造无界限，魔法娃娃所承载和表现的神奇魅力远远超出了“闺密”玩偶的范畴，而作为奢华的艺术品牌，恰恰造就了魔法娃娃总是激荡着灵活生动而又神秘美丽的无限想象和生命力。

让科幻照进现实

R2-D2，科幻系列电影《星球大战》中的机器人形象，半圆形的头，圆柱形的身体，两个车轮做腿，造型呆萌可爱。这个现实中并不存在原型的机器人，在一些技术控看来，却变成了美丽的研发梦。

王京毕业于江苏科技大学计算机专业。毕业后他回到重庆，在一家科技研究所工作，做工业机床方面的系统研发。小时候，王京就喜欢阅读科技方面的书籍，对游戏机等电子产品喜爱有加。高中时，王京代表学校参加全国性机器人比赛，获得了名次。参赛归来，王京转而对智能机器人产生了浓厚的兴趣，在内心深处扎下了根。他梦想着某天能够独自研发并制作属于自己的智能机器人。

步入大学，王京发现所学的计算机专业除了程序设计能与制作机器人搭上边，其他都毫无关联。他曾一度怀疑最初报考专业时是不是选错了。大学期间，出于对科技的兴趣，也为增加技术储备，王京有意识地接触单片机及其内存、硬盘、CPU等电子部件，他还选修工业设计、3D建模、模拟电路、数字电路、嵌入式芯片等一系列专业知识。这些课程在很多人看来枯燥乏味，对王京来说却十分有趣。

王京并非《星球大战》的影迷。但有一次，王京上网时第一眼看到R2-D2的图片，便心生喜爱，因为这款机器人既科幻又呆萌可爱，结构和造型相对简单。王京当即认为，这个小机器人在制作上具有可实施性。

这时，王京已大学毕业两年多，每天朝九晚五，下班后如果去做运动锻炼，回到家已是晚上8点，玩机器人只能在深夜进行。王京完全利用业余时间，从动手设计制作到改良升级，经过编程、设局域网、安装摄像头等工序，在不断经历失败中，一共制作出两款R2-D2机器人，并为它们取名为“shy”。重要的是，王京在制作过程中，偶然发现廉价易得的路由器可以用作主控芯片。发现路由器的妙用和单片机的神奇之处，让他的机器人制造之路变得更加有趣。

第一款问世后，并没有达到他的初衷，王京所希望的是一款微型机器人，造型更为小巧，可玩性更高。为此，王京不得不继续查阅大量的开源社区资料和观看网上的各种视频教程。历时大半年时间，王京又制作出可以托在一只手掌上的桌面型机器人。别小看了这款微型机器人，它可是一款以“呼吸”为主题的机器人，可玩性非常强。它不仅支持Wi-Fi控制，还可通过笔记本、平板和手机遥控，使其在50米半径范围内，用光标便能让它前进、后退、转圈。吸引人的是，置于机身中上部的呼吸灯，缓慢地闪着蓝色灯光，像是在呼吸一样。头部的高清摄像头在前进过程中，可把拍摄的画面传输到电脑显示屏上。

王京兴奋之余，还把《制作会呼吸的Wi-Fi机器人》教程形成文字、拍成图片和视频发布到网上，很快被各大论坛纷纷转载，网友跟帖大赞：“技术宅逆天了！”他的教程与微型机器人受到玩家们的极力热捧。

从外观和功能来看，前后两款机器人不只是改变了尺寸那么简单，第二代产品改良升级并实现微型化的过程中，碰到了很多难题。机器人的每个零件都要重新更换，而零件的更换又会带来一系列问题。为找到解决方法，王京的“匠人范儿”开始爆发，他查阅很多资料，不惜延长制作时间以保证机器人的品质。

王京有关微型机器人制作的教程在网络上一直被热捧，许多人都对此很感兴趣。一天，有一位买家联系到他，并没有问及那两款机器人，却给了王京一些新的灵感：“现在真人密室逃脱游戏比较流行，能否把这类科技作品与真人密室逃脱游戏中的过关道具联系在一起？”王京这才意识到，密室逃脱游戏中的电子道具非常有市场前景。

接下来的日子，王京在自己家中的工作室里开始研发密室逃脱游戏中的电子道具。为把创意融入每一个产品中，他便在真人密室逃脱游戏中寻找灵感。他除了以桌面型 R2-D2 机器人为主打的产品之外，又做出了生化危机密码锁、360 度激光反射镜、六芒星魔法阵等各种奇特的电子道具，产品竟多达 20 余种。

王京辞去研究所技术主管职位，开设了自己的独立工作室。这就意味着王京放弃了 10 多万元的年薪，做起了技术宅，潜心研发新产品。

走进王京的家，两室一厅的居室，其中一个房间就是用于产品研发的工作室。在这个不足 10 平方米的工作室里，摆满了各种电子配件。一张简易的工作桌面上，详细列出每天的工作计划，不管是研发新品还是改进设备，他都会给自己定下一个完成的期限。

其中真人密室逃脱游戏中那些困住玩家的密码锁、激光阵套装、无线离位侦测系统（真人寻宝道具）等产品，最受买家的喜爱，但王京已经不局限于微型机器人和真人密室逃脱游戏道具的研发。他最理想的生活和工作状态，就是有计划地做好每一件事，一步步开发出属于自己的、大众级别的电子产品。

王京并非有着高于常人的智商，也并非是机器人制造方面的专家，却以一丝不苟、精益求精、一以贯之的匠人精神和勇气，在自己的兴趣爱好和梦想领域，不断积累知识，一步步实践，让艺术融入科技，让科技改变生活，努力拓展新的研发领域，让更多的产品能够用于现实生活中。

发明“智能键盘膜”开启键盘革命

1991年出生的龚华超出身在艺术世家，爷爷是画家，父亲是苏州有名的玉雕艺术家。龚华超自小学习画画，又从父亲那里继承了艺术基因，亲历见证父亲从一个极其勤奋的纯手工艺人成为玉雕界的工艺美术大师，并拥有玉雕工作室的创变过程，这对他的成长生活影响特别大。

耳濡目染下，龚华超从父亲身上学到很多：勤奋、热爱和认真对待工作。工作时力求每个细节都雕刻到完美的品质。小学时就是个名副其实的学霸，开始接触计算机编程，参加计算机奥赛。

龚华超高中毕业后，考上南京理工大学工业设计专业。此前，他多年来深受艺术熏陶和磨砺，进入大学后，便能迅速与工业设计专业对接，像命中注定一样，他的设计天赋很快被激发而凸显出来。

龚华超凭着对设计专业的情有独钟和超然才能，积极主动参加学校组织的科研项目，有机会接触到更多的实际项目，逐渐在校内外各种工业设计大赛中崭露头角，获得头奖，直至走向国际大赛舞台摘取桂冠。

龚华超还在读大二，凭借一个仍处于概念级的创意产品方案，一举荣获当年素有设计界“奥斯卡奖”之称的国际红点概念设计奖，成为入选全球21个至尊奖之一。

在校期间，龚华超经专业老师引荐和帮助，为法国一家儿童玩具公司设计了一款"小章鱼度假岛"，这款由12个摇铃组成的组合玩具，造型十分有趣，投入生产后，销往世界各地。

在南京理工大学的三年时间，龚华超在参与来自世界各地的实际项目中，赚得了上百万元的设计费，各种大赛奖金、赛事扶持资金等更是拿到手软，并拥有7项设计创新世界冠军头衔和多项发明专利。这些真金白银的财富则为他创立公司"拉酷"（www.ilaku.cn）积攒了初始资金。

由于学习成绩优异，龚华超每年都获得学校最高级别的奖学金、"国家奖学金""CASC奖学金"等。他21岁时再获全额奖学金，被免试保送为清华大学研究生，攻读硕士学位。

两年后，拉酷公司在北京创立，其核心产品是曾经获得过国际设计界"奥斯卡"大奖的智能超薄键盘（触板数字贴膜），但从概念级创意方案到形成实际的应用产品，经历三年多修改17次终于开花结果。

龚华超之所以产生这样的设计灵感，源于他的一次偶然发现，他发现自己使用的笔记本电脑没有数字小键盘，且触摸板非常大，对他这样经常输入数字的人来说只能当作鼠标使用，很不经济，也不方便，于是萌生了用什么方式来重新定义触摸板的想法，他认为很有必要把笔记本电脑的触摸板，也变成同样大小的小键盘使用，结果证明他的想法是正确而且可行的。

为验证这个概念化产品是否有市场效应，龚华超随后把他的"智能键盘"产品介绍发布在网络上，令人意想不到的是，这一创意竟触到了很多笔记本电脑用户的痛点，网络留言接连不断，每天都有来自世界各地的人联系他，购买、批发甚至是想投资。

重要的是，“智能键盘”用智能软件和一张工艺极为苛刻的触板数字贴膜，贴在电脑的触摸板上后，触摸板便不再当作鼠标使用了，这样能给人机交互带来无限的实现可能。经过17次不断地修改优化、扩展功能和更新迭代，智能键盘一经推出，会使任何一个普通笔记本电脑用户的操作一步到位，从玩游戏、软件操作到输入数字，随时切换，精准流畅，缩短了人机交互路径。

龚华超设计的智能键盘看起来很简单，成品的厚度只是一张0.2mm的贴膜，加上“九宫格”设计风格，比起大键盘上的横向数字按键，这种“硬件（贴膜）+软件（应用）”的人机交互设计模式，只需将它贴在触摸板上，不仅能实现触摸板和数字键盘的无缝切换，还使普通笔记本电脑触摸板瞬间拥有更为丰富和便捷的功能：操作游戏、输入数字、上网、搜索、购物、炒股、统计等，皆可自定义你的各种快捷键功能，大大提高了操作速度和效率。

龚华超在清华大学攻读硕士期间，与他人联合设计的“防尘鹈鹕杯”再次获得国际红点设计奖的概念设计奖。前后连续两次获奖，足见他的工业设计能力已经跻身顶级水准。多年来，龚华超获得了太多的荣誉和荣耀，在国际比赛中拿冠军，接受央视采访和省部级领导接见，又是国家奖学金获得者，他依然显现出超乎寻常的沉稳和理性。

龚华超从设计者转型创业后，心中一直有着霸气十足的担当，就是他印在名片上的一句话：“中国创造，世界未来。”他讲了这么一件备受侮辱感的故事：清华的一位老教授，用10年时间做了一把舒适漂亮的办公椅，在米兰家具展上展出，而老教授却差点被保安赶出来，因为老外觉得这么好的椅子怎么可能是中国人设计的。

因为龚华超只捣鼓这么一个概念级产品，经过在工厂摸爬滚打后，智能键盘终于在材料、厚度、手感上都达到了他的设计预期。龚华超坦言，智能键盘在技术上其实不算特别复杂，但它却跳出了触摸板只能当鼠标使用的思维定式，第一个发现和实现了这项技术，却能够帮助用户精确定位键位，经过精心设计的智能键盘能够满足用户对美观和个性化定制的需求，这就是事实。

龚华超表示："这件产品就是中国原创的，能让很多人的生活更方便，不只是中国人会用，黑人白人都会用。未来，笔记本电脑会融合它的智能软件重新定义触摸板，拉酷也会做更多中国原创而影响世界的产品，做强做大能够代表'中国创造，世界未来'的企业。"

第五辑

把有趣的事做到极致

在过去的十年时间里，她画过购物类、生活类等各种素材的黑白手绘，尤其是她的手绘奢侈品，更受到全世界众多奢侈品品牌的青睐，纷纷邀请她为品牌做宣传。近年，她的黑白手绘的单幅价格也由最初的一万美元暴涨至五万美元，时尚、影视、传媒等各界名人显贵和明星大佬争相收藏。C.J.亨德利在回忆起当初的人生抉择时说：“做游泳运动员时受挫，读书时又受屈，我还能有什么可选择的呢？只有把最好玩的事做到极致，而黑白手绘又是我最想专心做的事。”

舌尖上的“小人国”

现年 40 岁的克里斯托弗 · 波佛理是长期活跃在美国西雅图的摄影家，大学尚未毕业，就开设了一家属于自己的商业摄影公司。在过去几年里，他把童年时期的玩具小人和美食结合在一起，用微缩摄影的镜头，拍摄出“美食小人国”系列摄影作品。

波佛理自小喜欢玩玩具，长大后成了摄影师，他也不放过玩具收藏，达到痴迷狂热的程度，至今在他的住处，还收藏着大量的飞机、火车、船只、火柴盒汽车及公仔小人之类的模型玩具。

波佛理 28 岁时放弃一切事务，开始去世界各地旅游，在行走过程中，一边坚持写作，一边进行纪实摄影，积累大量文字和摄影作品。

4 年后，随着阅历增多，波佛理回到西雅图家中，开始对过去几年旅途中见到的社会现象和人们的生活方式进行反思。他发现了人们对缺少食物而产生的饥饿感，对美食不可抗拒而产生几近贪求的食欲感。作为摄影师，他很快找到了自己独特的表达方式——用影像来表现人与食物的关系。

这天，波佛理来到了自己的“玩具小屋”，创作灵感一下子迸发出来，何不以这些公仔小人的玩偶作为道具人物呢？用微缩的拍摄技术来打造缩微版的社会场景，让公仔小人物与食物相结合，来展现人们的现实生活场景，说不定更有趣。于是，波佛理把这个摄影项目取名为“美食小人国”，并开始致力于微缩摄影创作。

波佛理用新鲜食物中的蔬菜、水果、蛋糕、玉米、热狗、饼干甚至牛奶等搭建场景，以公仔小人物为代表的生活情态为线索，将一个个动作各异的“小人物”戏剧性地置身于“巨大”的食物世界中，就这样，一个个妙趣横生的场景呈现在眼前，如同一个栩栩如生的“小人帝国”。

2011年5月的一天，波佛理整理出一组以甜点和水果为场景的照片发布在博客上，迅速被传播开来，爆红网络。这组名为“大胃口”（Big-Appeities）的微缩拍摄作品充满奇思妙想，开了摄影新领域和新发现的先河。在过去3年时间里，波佛理及其作品几乎走遍全美国的各大画廊、展览馆和美术公司。

接着，波佛理又把镜头转向了厨房以及食物，通过捕捉人们在日常生活中的有趣行为，推出了他的全新摄影系列作品，比如有水管形状的意大利面、馅饼、烤面包等，再次让“美食小人国”成为经典之作，把系列摄影展归结为统一的命名——“差异”（Disparity）。

波佛理在长期拍摄过程中，渐渐学会把玩具跟食物配搭在一起，使这些小人物能固定在食物上，食物还要经过切割、摆放，用龙舌兰蜂蜜作为黏合剂，或者用牙签在食物上刺上小孔帮助固定模特儿等，有时为完成一次完美拍摄需要多达25次的尝试。

波佛理的生活和拍摄意念非常另类，更与“吃货”们的大快朵颐及大成本大场景的影像制作截然不同。在他所创造的“小人国”里，糖块变成了集装箱、牛奶变成了海洋、薯条变成了木材、萨其马变成了名胜建筑；还有小人物在香蕉上惬意地骑自行车、在浓浓牛奶里开心地划船等，这些平凡场景因为有了小人物的点缀而变得妙趣横生；这里的“居民”没有语言和国籍之分，没有文化背景和社会地位的差别，人人平等，以世界性视角充满整幅画面，而食物的色彩和纹理丝毫毕现，看不出有何塌陷和损伤之类的瑕疵。

“美食小人国”系列摄影在全美展览后，引起强烈反响。迄今，其作品已传至90多个国家和地区，刊登在报纸杂志上，获得了很高的评价。

波佛理在给一位同行的电子邮件中说道：“食物是庞大的，人类是渺小的。我希望我所创造的这个世界，无论现实生活多么凌乱肮脏和令人沮丧，‘美食小人国’的一切永远都是那样干净、完美与和谐——人类应科学地消费和使用食物，像善待自己一样对待食物和拒绝浪费，尊重食物而不过度加工才是天然好味道。”

写封“沙信”给亲近的人

施伟嘉是个“90后”理工男，土生土长的厦门人。小时候，由于父母忙于事业，一大早就出门，施伟嘉醒来时，家里只有奶奶和他两个人。在施伟嘉记忆中，奶奶一手把他带大，祖孙俩的感情特别亲。

施伟嘉自小有两个愿望：一个是考上厦门大学，一个是长大后当个科学家。两个愿望最终都没有实现，原因是在高二时，施伟嘉就被父母送去澳大利亚读书了。奶奶自然舍不得这个唯一的孙子，极力反对送他出去读书，偷偷地把他的护照藏起来。最终，施伟嘉还是去澳大利亚留学了，一读就是五年半。

有一年，奶奶得知，孤身在外的施伟嘉因生活不规律，常常胃痛，十分心疼，频繁地打电话或发短信，施伟嘉却因为忙于学业，常常接不到电话，也没有回应。而这时的施伟嘉，已考上了墨尔本皇家理工大学市场营销专业，除了学业之外，他开始对声光电装置艺术展产生了浓厚兴趣，并利用大把时间观看各种展会展览，自学Maya3D建模等课程。施伟嘉回国探亲，奶奶觉得他还是小孩子，不懂得照顾自己，每天都买一堆好吃的，盯着他吃光，关心他，照顾他。

四年后，施伟嘉结束五年半留学生涯，学成回国，奶奶一颗心终于放下来。回归国内的施伟嘉，随即又马不停蹄地开始了创业之路，先后做过地产，做过电商，经营过小店，工作和生活还总是忙忙碌碌，长则一个月时间才抽空回家看望奶奶一次。

有一天，施伟嘉甚至失望地发现，他每天都被手机里各种社交工具和电子产品霸占，飞快地扫描和浏览信息，却忘记了小时候跟奶奶乘凉聊天的感觉。他不禁扪心自问："多年来，无论在国内国外，为什么通信工具越发达，人却反而越孤独？我们依赖科技，还是彼此？到头来，人的生活形态还是没有改变，似乎还是在原地打转。"

回国后不久，酷爱声光电装置艺术的施伟嘉，在一次创意科技装置艺术展上，结识了来自清华大学计算机系的田力，两人同样热衷于声光电酷炫装置。尤其是田力，不仅拿到计算机系硕士学位，其声光电装置作品曾多次参加过国际知名展览和交流活动，还在中国美术馆、国家博物馆、中华世纪坛等国家核心展示机构展出。

施伟嘉和田力不满足于看展览，而是真正联起手来，在厦门联合创立了一间名为"SeeekLab"的工作室，招兵买马，建立团队，旨在通过他们的跨界创作和有趣装置传达信息，联结情感，让冰冷的机械有温度，以设计方法实现艺术目标，用酷炫的声光电智能设备，拉近人与人之间的关系和距离，致力于追求通过创意装置艺术，以改变人们的生活形态。

初时阶段，施伟嘉工作越来越忙碌，甚至连一个月回家一趟看奶奶，也无暇成行。这时，奶奶得知年轻人都喜欢用微信，便想着用手机微信才能联系到施伟嘉，专门去老年大学选了一门手机课，学习使用微信，仅仅是为了如何打开微信，发送消息。而真正掌握使用了微信，奶奶还是会坐在窗边的摇椅上发呆，默默怀念起从前祖孙俩亲密无间的时光，跟施伟嘉的联系，并未因此而变多，只是每天叮嘱施伟嘉好好吃饭。

正当施伟嘉在追求装置艺术道路上狂奔，以期改变更多人的生活形态时，而他自己主动或被动地接受着爆炸式信息，奶奶喊他回家的信息却被淹没、被遗忘。因为奶奶每天给他发吃饭了吗？回不回家？经常都没有回复，本该最用心交流的亲人，却成了最陌生的人。施伟嘉于是心想，人和人的距离越来越远，觉得生活越来越失真，应当为此做点什么。

施伟嘉和田力一合计，突发奇想，就萌生了做一个交流装置的想法，如何将最重要的信息传给最亲近的人，那么必然要回到人最原始的交流方式——书写。施伟嘉及其团队成员很快将想法付诸实践，带领团队成员发明了书沙台。

书沙台作为一款"智能科技+创意设备"装置，可以用来写"沙信"，可以让人与人的关系成为"沙友"，初衷是"我想给你写一封信，而不是微信"。发明书沙台的想法诞生了，从功能设定，到外观结构，及至不同材质的实验，施伟嘉和他的小伙伴们从设计打造每一个零件开始，试验了数不清的笔头材质，最终选定写字噪声小的硅胶材质做笔头。他们又选择不同质感的沙砾，做了很多次实验，才找到相对摩擦小的白沙做沙纸，并将书沙台的外观结构做成砚台造型，采用ABS聚合塑料材质作为底座。

在智能科技方面，书沙台又是一款体验慢生活的微装置，配合最常使用的移动APP软件架构，通过40 × 40分辨率，它会通过线上获取每一个笔画的准确位置，把你的书写笔迹转化为"沙信"的书写笔迹，并在沙子上进行一笔一画地书写，以达到笔迹线条非常准确和逼真。

历时整整半年的时间，施伟嘉及其团队成员经历无数次设计、打样、推翻再设计，通过这一系统创意设计、材质和造型，只是为了通过现代的机械臂，能够让笔头在沙子上慢慢写字，显示沙信内容，这样第一对书沙台终于做了出来。

这个寄托着温馨又浪漫的书写沙信的装置，施伟嘉一定要把第一对书沙台作为礼物送给最亲近的人——奶奶。那一天深夜，施伟嘉正在工作室忙碌，便收到奶奶第一封“沙信”，他首先听到沙盘清空的声音，之后沙盘笔慢慢写出了“回”字。施伟嘉知道，奶奶在另一端，写的下一个字，一定是“家”。

你想说一个故事，表达一种情感，传播一种理念，是用文字还是图画？是用声音还是用肢体？各种途径似乎都不如“以笔迹传心迹”般真挚和真切，不如“见字如见人”般温暖和温馨。书沙台的创意和发明，不仅兼具了会讲故事和表达情感的有趣装置，还传达出这样一种情感理念和浪漫情怀。

书写沙信的书沙台创意科技微装置，配合APP应用，能够真实地把你的想法和语言在沙子上一个字一个字地写出来，而不再是那种虚幻的表情和字句。施伟嘉和他的团队成员想以此告诉人们，慢社交方式更让人珍视传统书信的表达，就像过去写信和传递纸条那样，小小书沙台在笔画间让你感受信息温暖，通过在沙子上书写浪漫，放慢人的社交速度，回到以往单纯“慢生活”的本质中去，但又没有脱离关键而又强大的科技基因。

这样一来，书沙台给异地情感交流增添一种新的沟通方式。以笔迹传心迹，你可以先在APP上手写信息，发送给对方的沙友，沙友收到沙信后，通过蓝牙联结书沙台，随后开启阅读沙信，让异地亲人、恋人能克服距离、时差、网络、通信、交通和天气等因素，说出想说的话，字句可现。还可用于产品发布、企业展厅、共同空间等，让受众能有最直观、最新奇的触动体验，从而把信息和情感有效地传达。

书沙台还可支持一对一、一对多、多对多的沙信发送和传达。只要各方都有书沙台，皆可通过手机接收沙信，在书沙台上观看沙信具体信息。如果是一封长信，你可能要慢慢看上数个小时呢。书沙台亦可作为创意时钟、日历、相册等功能来使用。时间会按照你在APP上设置书写间隔，在沙子上被不断擦除和“书写”出来，而相册功能则能让你在操作书沙台过程中，即时打开相机，记录美好瞬间。

·朗读安放心灵

现代生活中的我们，往往过着繁忙、纷乱而又孤寂的日子，总是在为赚钱、升职或者学业而忙碌奔波。于是乎，负能量积压于心，不得不通过各种办法来清理它们。

我也不例外。偶尔找到一段得以避开工作的美好时光，我会立刻关掉电脑和手机，转而捧起自己喜欢的书。但是，有时不知怎么回事，却陡然感觉兴致全无。

刚好，同事告诉我可以参加朗读会，不同的人聚在一起，吟诗、念剧、诵文，进行互动和沟通，不但能缓解压力，还能够得到休憩和学习。我既感到意外，又有些迫不及待地参与其中，一探究竟。

朗读会的举办地点不固定，有时在茶馆、餐厅，有时在剧院、咖啡厅，甚至有时会在自家的客厅里，而前来探访和参与的成员既有学生、职员、公务员，也有私企老板、外企高管和专业的广播电视主持人，堪称是“人满为患”。

一位朗读会的组织者说：“城市生活本就比较压抑，如果把压抑情绪带回家，会影响到家人。我们可以通过体育运动宣泄情绪，暂时忘掉苦恼,也可以让自己慢下来,多读几段诗、几幕剧,因为朗读同样可以舒缓情绪。”那么,如果普通话说得不好,朗读水平有限怎么办?这位组织者说:“其实,朗读会是一个吸引语言爱好者的公益互动平台,并不是你想象的那样‘高大上’。即使不懂得朗读技巧,但经常参与活动,倾听别人的朗读之美,也能让自己的精神得到放松,可以排遣烦恼。”

参加了几次朗读会,我慢慢了解到,吟诗、诵文、念剧已经是近年来非常流行的公益活动,在各地成立的朗读者俱乐部、朗读者沙龙等越来越多,形式也多种多样。最让人感到轻松随意的是,在朗读会上,谁先来就可以先读,选择一两段诗歌或散文,而无须编排表演顺序。

在安静中分享与聆听朗读之美,为我们带来了既传统又崭新的一种生活方式。朗读不需要完整的舞台背景;即使表演者没有演出经验,只要投入即可演绎出精彩的对白,完整呈现故事;对声光电的要求不高;而且,每一场能聆听五六部作品,内容更为丰富。这些因素都非常有利于朗读会的推广。

就个人经验而言,几乎每一场朗读会都能赢得好评,大家纷纷表示:“生活压力大,能够让自己慢下来、停下来、坐下来,聆听久违了的声音之美,体味文字之美,直指人的内心,实在是难得。”

的确,有时我们都需要通过声音,暂时与外在的世界隔离,满大街的耳机一族并非无因。但是,内心是不是缺少了一些充实的东西?即使能够坐下来拿起一本书,也会觉得孤独。所以,不如当一名城市的朗读者,参与很多场朗读会,聆听声音的美好,在朗读中安放心灵,丰富内心生活,放慢生活脚步,体验这种既健康又颇具价值的生活方式。

快慢有道才是生活

与国内电视荧屏不同，在地球另一端的北欧国家挪威，多年前就悄然兴起一股“慢电视”风潮。挪威拥有人口500余万，那里的人们崇尚慢节奏生活方式，这类“慢电视”节目异常受欢迎。

早在2009年，挪威公共广播公司就拍摄了第一档“慢电视”节目。这是一档长达7个小时的直播节目，全程记录火车穿越挪威，从奥斯陆到卑尔根市的《卑尔根铁路》，在黄金时段播出后意外走红。

由于“慢电视”与众多电视节目的制作方式截然不同，没有快速的剪辑镜头，没有精美的后期制作，加之节目长达7个小时，在很多人看来，肯定会让观众感到非常无聊乏味。

然而，一向喜欢慢生活的挪威人却不这么认为，他们觉得越是慢节奏越是有意思。事实上，这档记录7小时“分分秒秒”的《卑尔根铁路》，在部分时段的观众一度达到了120万人，收视率更是超过了25%。世界上第一档“慢电视”由此诞生。

2011年6月，挪威广播公司推出了一档更慢的节目《海达路德：分分秒秒》，直播挪威海达路德公司旗下“北挪威”号邮轮沿挪威海岸线

134个小时的旅程。

难以置信的是,这档“超级无聊”的节目在连续5天的直播中,竟然掀起了一股收视风潮,不仅打破了电视节目直播时间的世界纪录,还创下挪威电视节目收视纪录,全国500万人口中,超过300万收看了《海达路德:分分秒秒》,收视份额平均维持在36%,成为当年收视冠军。

这看似很“古怪”的事情越是不对劲,就越是对劲。2013年2月,挪威广播公司再次在黄金时段推出了另一档“慢电视”节目《国家篝火之夜》,连续12个小时直播一堆柴火从点燃到熄灭的全过程。

外人眼中,挪威人对超级无聊的“慢电视”如此迷恋,虽有点尴尬,却颇感自豪。很多观众对“慢电视”的痴迷程度令人惊讶,比如在直播邮轮航行期间,就有一名观众突然闻到了一股烟味,马上打电话给电视台,痴迷地说:“邮轮上着火了!”而当他转身后却发现,是自己家里的厨房着火了。

迄今,在挪威大都市里,甚至出现不少人随身携带平板电脑追捧“慢电视”,随时随地在社交网站上发表评论。看“慢电视”就像庆祝他们的做事方式,挪威人喜爱慢节奏的生活。

2013年以来,挪威“慢电视”很快传遍了全世界,同时在如今热门视频和自主观影的大环境之下,也给世界其他地方的人带来启示,对快节奏的生活产生了实质性影响。

在挪威,“慢电视”虽然是一类节目形态,恰恰折射出一种慢生活。因为在很多国家,这类节目似乎都不可能放到黄金时段播出,但事实并非如此。美国国家公共广播就曾推出过一部长达18个小时的“慢电视”节目,记录了三文鱼逆水而上产卵繁殖的过程,却意外地遭到观众批评,理由是节目太短了。

由此可见,“慢电视”其实就是一种对生活的态度,即在我们繁忙的工作之余,如何对待自己的生活方式和态度的问题,对于拥有不同心境的人来说,却看到了完全不一样的世界。

其实,在我们的生活周围,同样能发现拥有“慢心态”的人,比如,那些热衷手工DIY的达人,他们可以花上几天或几个月时间,去慢慢缝制一件微不足道的小手工;更有甚者,一些养花爱好者,经常在忙碌的工作之余,花上几个小时,有时用大半天时间静静地观看水草的光合作用,原来只是为了等待水草吐出一个氧气泡泡。

“慢电视”走俏,让生活更“对劲”。正如挪威人那样,拥有真正的安静自然的豁然心境,才能拥有真正从容、优雅、耐力、包容和积极的慢心态,也才有能够发现和欣赏像“慢电视”一样快慢有道的生活。

让自己"动"起来

家住美国纽约的詹·葛雷毕尔(Jen Graybeal)是"Overit"公司的负责人,管理着30余名下属员工。

一年前的一天,葛雷毕尔收到一位好友的电子邮件,内容大意是:"我下月就要结婚了,郑重邀请你届时参加并做我的伴娘。"邮件中,好友还在网站上为她精心挑选了一款礼服,并附上网站链接。于是,她立刻趁着打折,按照先前穿过的尺码,网购了这条黑色的连衣裙。这天,快递员送货上门后,葛雷毕尔迫不及待地在家里试穿起来。糟糕,自从生完孩子后,她的身形竟然在不知不觉中整整胖了一圈,已经穿不上这条裙子了。

这次生活小意外,让她感到很吃惊。爱美的葛雷毕尔望着试衣镜里的自己发呆、泄气、失落、惋惜而又无计可施,心中却自我告诫:"我要运动,我要锻炼,我要减肥,我要去掉身上所有的赘肉。"

第二天,葛雷毕尔照例去上班,走进公司写字楼,看到有的下属已经进入工作状态,而她心里还在想念着那条让她穿不上身的裙子,突然心血来潮,自顾自地双手击了一下掌心,宣布道:"女士们、先生们,先停下手里的工作，离开办公桌，我们开始做一些运动吧。”

这家位于纽约州首府的Overit公司，原本就有着较为轻松自由的公司文化和美好传统。公司还专门为此增设了一个“首席娱乐官”的职位，经常在午休时间时打鼓，甚至把在家办公的“特权”搬到公司里，允许员工在办公桌上跳舞等。

刚开始，葛雷毕尔有了在办公期间运动的念头后，建议大家在午间休息时，由她带头走出办公室，纷纷下楼到户外去，绕着写字楼一边透透风、晒着太阳，一边散步聊天。

于是，“整点小运动”锻炼计划便在边散步边聊天中酝酿出来，并逐步演变得更加完整和成熟。葛雷毕尔还把这一整套成熟的计划命名为“OverFit”，把公司全办公室里的30余名员工“拖下水”，拉他们一起做“OverFit”锻炼身体。

按照这套“OverFit”完整计划和排程，每天以朝九晚五工作制，一到整点时分，葛雷毕尔就准时邀请大家参与一次健身运动，每次运动时间设定为2分钟——上午9时做伸展运动，10时做仰卧起坐，11时做高抬腿，12时午休，做户外散步；下午1时做弓步训练，2时做俯卧撑，3时做“跳爆竹”游戏，4时是臂力练习，5时则做完一套自由舞“freestyle”，结束一天所有工作，下班回家。

一股运动热潮很快在公司里上演。尤其在户外散步环节，逢至雨雪天气，或做雨中漫步，或做雪中寻景，放松身心。葛雷毕尔由衷地表示：“虽然，每天整点时只有2分钟的运动，但也不只是‘2分钟的热度’，这一计划更保持了充分的宽松和自由，不强求任何人非做不可，贵在参与和坚持。”

现如今，在公司里的职员们，无论是马拉松选手一样的竹竿棍儿，还是重达200磅的胖子，都会经常参加这项运动。先前，那些极不擅长运动的员工，后来竟发现他们能做够2分钟的“跳爆竹”了。最终，葛雷毕尔以及她的那条穿不上身的裙子到底如何了呢？哈哈，在不久前，她已经能够把裙子穿在身上了，并指着自己得意地说：“瞧，这就是那条裙子！”

让奇幻成趣

伊米莉亚·迪兹伍芭科出身在一个典型的知识分子家庭，父亲是医生，母亲是公务员，家境优裕。小时候，她是个乖乖女，喜欢画画，喜欢听故事。父母希望她将来学有一技之长，完成学业，找到一份体面而又稳定的工作。

伊米莉亚的成长平坦顺利，骨子里却只对画画感兴趣，经常在课堂上偷偷作画，在学习之余坚持作画，把家里给的零花钱或生活费用来购买绘画工具和颜料。父亲的劝导总是言犹在耳："你不能把画画当成重要的事来做，如果因此耽误了学业，将来面临生存和生活危机怎么办？"

2006年，伊米莉亚按照父母意愿，如愿以偿地考取了波兹南艺术学院，学的却是建筑设计专业。四年后大学毕业，她又在父母执意安排下，进入一家知名的建筑设计研究所工作，成为一名建筑设计师，每天对着电脑画着"高大上"的城市建筑规划图，而她的梦想却只想做个顶级插画师。

直到有一天，伊米莉亚感觉到生活拘束，因为仅限于办公室里的电脑桌前，距离自己的理想越来越远。时间不等人，于是她决定忠于自己内心,毅然决然地选择辞职,专心致志于插画事业。

伊米莉亚画插画用心非常纯粹,并不急于成名成家。几年来,她一心一意做自己想做的事,就是找遍全世界经典童话故事,温故知新,激发灵感,以插画的形式进行改编再创作。她为此动情地说:“一提起画笔,我感觉非常自由和快乐,一种幸福感油然而生。”

2013年,伊米莉亚第一本插画书《请拥抱我》正式出版。这是她改编自同时代儿童作家的童话故事,描写的是生活在森林里的一只熊与同伴及猎人间有趣有爱的故事。这本充满童趣的插画绘本刚一问世,全波兰的孩童及家长争相购买,引起轰动。

伊米莉亚的日常生活简单到极致,一个未曾学习过一天绘画课程的女孩,抛却家庭给她带来的资源和人脉,画插画几乎成了她生命中不可或缺的一部分。按她的话来说:人生的前二十年是为他人而活,而现在我可以忠于自己,对自己的人生负责。

伊米莉亚画遍所有能够得到的童话故事后,开始自己编写童话故事,自己配插画,积累了大量饱含心血、热爱和情感的插画作品。2014年,伊米莉亚终于实现大爆发,接连出版四五本童话绘本,不仅全部大卖,还获得过三次国家最美图书奖。重要的是,她本人编写故事并配画成书,又获得了波兰文学奖。

一时间,伊米莉亚先后囊括国内国际插画界各种奖项和荣誉,一跃成了波兰的国宝级人物,成为这个国家最有影响力的顶级插画师之一。近年,她在画风上透出一种超于现实的奇幻和有趣意味,笔下的各种动物主角出现在超现实的想象空间和故事情节里,像复活了一样栩栩如生,由此获邀成为美国迪士尼世界的职业插画师,专门绘画儿童版的迪士尼动画故事,名扬世界。

伊米莉亚坚定地说："我一直相信在这个世界上，一定有一种既能忠于自己，又能拒绝平庸的生活方式。而对我来说，勤奋而努力地画画让我体验到另一种天真自由的生活，以及摆脱孤独的方式。"

体验“气泡酒店”

渴望来一次回归大自然，野外露营是最佳方案。躺在草地上仰望星空，坐在溪涧旁聊叙衷肠。然而，夏天的蚊虫招人烦，野外的冬天又太冷，怎么办？美轮美奂的创意“气泡酒店”(Bubble Rooms)，能让你更好地接近自然，融入自然。

不久前，我得到一次游览法国的机会，真正入住并体验了一次“气泡酒店”的五星级配置服务，即使在冬天寒风刺骨，室内依旧温暖如春，过了一把无边界、无刻意和无压力的美好生活。

斯特凡·杜马斯是法国知名的创意设计师。早在2011年，他突发奇想，首先设计和制造了“气泡酒店”，建造在山坡树林中，吸引很多人慕名前来，体验和入住完全透明的“气泡”内，仰望星空，脚踏实地，共享夜晚丛林间的静谧、温馨和美妙，运营相当成功。

气泡酒店的“圆形墙壁”是由再生塑料构造和制成，直径为13英尺(约为4米)，形如一个大大的气泡，通体透明。酒店里的套间像是一个侧躺着的圆底大烧瓶，瓶内置有床铺、椅子和简单家具，可随时随地安置摆放，营造出一处360°无死角的观景房。

气泡酒店一经推出,要求入住的房客接踵而至,应接不暇,争相体验接近自然,来一次无边界和不刻意地融入原生态。很多人对酒店的"气泡"设计感到好奇,气泡是怎么形成的?别急,仔细观察才发现,其实它有一个隐蔽机关,在气泡入口处安装有一台充气泵,噪声已减至最低,人居其中并不会感到杂音骚扰,不会影响舒适度。

因此,对来自都市里的房客来说,这种体验够新鲜,机会太难得。为提升以人为本的理念,酒店还专门设一个房间用来洗澡。然而,颇为奇葩的是,客人发现房间里并没有厕所时,却会被告知:"哈哈,这就是气泡酒店让你回归自然的另一种方式。"

你在"气泡"里看风景,别人在"气泡"外看你。接下来,隐私问题如何保障?自投入运营两年来,这种法兰西风格的气泡酒店模式已经具备五星级配置服务,每个气泡客房都以完全独立而存在,24小时可保全和保证旅游房客的身心及财产安全,免于不必要的骚扰,能让你毫无压力地体验其中,入住无忧。

气泡酒店像气泡一样透明,拥有360°无障碍观景视角。在深山彩林包围中,躺在客房里的床上,夜空里的满天繁星尽收眼底。春看百花盛开,秋见明月和落叶,夏有动物在周边嬉戏,冬观大雪纷飞的景致,看遍四时之景,皆能温馨舒适。

小图拼成"大世界"

关于拼图的发明,还有一个悲怆的故事。

1762年,在英国伦敦,有一个年轻的印刷工人名叫约翰·斯皮尔斯伯里,他极其巧妙地把一幅英国地图粘在一张餐桌的桌面上,然后,他又沿着各郡县的边缘,精确地把地图切割成许多不规则的小块。这就是拼图的创意雏形。

迄今,250多年过去,拼图游戏和玩具早已风靡全球,常玩常新,经久不衰,让人百玩不厌,能玩出很多种花样,成为广受喜爱的一种智力活动。而发明人约翰·斯皮尔斯伯里这一最初的想法,取得了巨大成功,累加起来形成了庞大产业和市场,也造就了巨额财富,但悲怆的是,他仅活到29岁就去世了,生前并没有得到一分钱的收益。

随着时间推移,越来越多的个性化拼图纷纷面世,几乎所有材料都可以拿来拼一张图画,树叶拼图、羽毛拼图、玻璃拼图等,不胜枚举。或用拼图的形式,讲述一段故事,记取一段回忆,表达一种情怀,不仅是儿童的游戏,也有成人的玩法。

来自伦敦市的克里斯·张伯伦,现年49岁,是一名电脑程序设计员。张伯伦有着一个很中国的名字,因为他的母亲姓张,是中国人,父亲是英国人。

张伯伦的业余爱好就是喜欢各种艺术创作,但最让他感到遗憾的是,自己不会画画。有一次,张伯伦在网络上浏览时,看到许多拼图作品非常唯美,有的拼图令他感到震撼,有一种说不出的喜欢的感觉。他很想创作这样一种小时候曾经玩过的游戏作品,但不知道怎样才能推陈出新。

正当有想法做事,却束手无策时,张伯伦偶然地又想到自己家族里的小传统,祖辈中开过玻璃制品的小作坊,自己曾经学习过切割玻璃的细碎活儿。

与此同时,张伯伦不断从记忆中得到素材,进一步触发灵感——或许,我也可以尝试做一种新的艺术创作形式——玻璃拼图。在他家的后院有一间大车库。每天下班到家,或双休日,就是他的业余时间。

张伯伦一有时间,就把自己关在车库内,连他的妻子也很少能见到他。为达到最佳效果,他要构想创作的玻璃拼图,不等同于马赛克拼图,需要的材料非常细小,每一个材料仅相当于米粒大小的方块,玻璃碎片的尺寸不超过一块普通马赛克的二十分之一。按照计划,张伯伦首先要做的就是把整块的玻璃进行切割,仅切割玻璃就是一项庞大的工程,也成了他必须完成的前期准备工作。

从某种意义上说,玩拼图,"拼"的其实是耐心和毅力。张伯伦用在切割玻璃上的时间,就超过了半年之久。在这半年多的时间里,他切割成的玻璃碎片,如果不是用来玩拼图,而是将碎片首尾连接在一起,其总长度足有2英里长,约3.2公里。

这不算什么,更大的工程还在后面。张伯伦为使拼图更具有收藏的意义和价值，他选择了世界地图作为蓝本，而且尽可能增加难度，做成大拼图。

世界地图有精确的比例、准确的图示和对应的颜色，张伯伦又不惜花钱，买来包括黄玉、紫水晶和蓝宝石等1000多颗真宝石，分别突显地球上的陆地、高原、山脉、河流、国家和重要大都市等，亲手用镊子将玻璃和宝石一点一点黏合起来，拼接在一块更大的有机玻璃板上，最终的目标是将这些玻璃碎片等细小材料拼成一幅准确、唯美而又完整的世界地图，其艰难程度可想而知。

只要功夫深，铁杵磨成针。总历时27个月，号称世界上迄今为止最大的玻璃拼图终于大功告成。据大致计算，他一共使用了33.3万颗玻璃碎片和1238颗真宝石，拼成了长为10英尺（约3米）、宽7英尺（约2.1米）的玻璃“地球”，取名为“宝石世界”。

张伯伦在完成主图后，他又用8万颗黑色玻璃粒制作了相框，用6912个发光二极管作点缀，把玻璃世界地图“装裱”在其中，宝石总重量就有260克拉之多。地图中含有包括黄玉、紫水晶和蓝宝石在内的真宝石，标示出世界上的重要城市，如英国的伦敦、美国的纽约和中国的香港。用大量绿松石来表示主要河流路线，如欧洲的泰晤士河、非洲的尼罗河、南美洲的亚马孙河、北美洲的密西西比河和中国的长江等世界上著名的大江大河。

更为逼真的是，这幅“宝石世界”也像其他地形图一样，以蓝、绿和黄三种颜色为主，蓝色代表浩瀚的海洋、绿色代表广阔的平原、黄色代表高原或者是山脉。颜色深浅的程度则表明海拔的高度或海水的深度。

这幅玻璃拼图的照片刊登在英国《每日邮报》上，创造了一项世界之最。而这幅巨型拼图对张伯伦来说，却是他人生中第一件艺术作品，具有非凡的意义和价值。难以形容在粘好最后一颗玻璃时的真实感受,他在耗时27个月制作这幅玻璃地图,其间敲打的动作就超过20万次,太不容易了。

不少人玩过拼图游戏,都有自己的各种小传统,当然也不只是局限于拼图这一类别,但随着各种创意的呈现,仅拼一拼图,足以让人创造令人吃惊的作品。小传统蕴藏着大作为,小传统能"拼"出大世界,充分证明在业余时间里照样能有惊人"创举"。

一条有腔调的丝巾

“腔调”是什么？最早上海人如此说，类似北方人口中的“范儿”，又略有不同。英文“style”，则与“腔调”相近，可理解为——时尚款式、仪表品位、风格气派。

在美国纽约，有一位来自中国香港的女子，英文名叫克莉斯蒂娜·J.王（以下简称“王J”）。热爱一切美好事物的她，近两年摇身一变，集画家、设计师、艺术家于一身，征服了欧美时尚圈，活出了自己的腔调。

王J 1987年出生于中国香港，2009年毕业于上海广播电视大学美术专业，后取得硕士学位。接着她随父母移居美国，又在纽约布朗大学进修视觉艺术、艺术史和经济学。

学业有成，她却不急着找工作，整天忙于画画、拍照、旅行，等待灵感爆发。

一天吃午饭时，她不小心将比萨弄翻，奶酪、配菜撒在围巾上。这是上好的丝巾啊，她心疼地展开，却意外欣喜地发现，丝巾上增添了色彩，产生了新的图案。

她顿时有脑洞大开之感，“何不在丝巾上作画呢？”至于画些什么，她没多想，觉得玩得高兴就成。

王J宅在家一画就是五年。她采用名为“数码列印”的方式，即先创作，后印制，创作出大量不同风格、款式和系列的丝巾画。她再也不觉得生活乏味了。

由于酷爱美食，王J结识了当地餐饮界名厨，还和她的偶像克莉斯蒂娜·托西成了朋友。

克莉斯蒂娜现年32岁，是美国餐饮界怪咖级人物，被喻为“冒险派名厨”。她第一次看到王J的丝巾画作品，便忍不住惊叹，“太有创意了！”丝巾作画，并不为奇，但她看到的，是在羽量级超轻的羊毛围巾上，栩栩如生的水果、蛋糕、巧克力棒、比萨、曲奇。

更奇特的是，王J的画不讲究构图，更没立意，画些什么，全凭当天想到了什么、看到了什么、碰到了什么、吃到了什么。越平凡的东西，越能成为她上等的创作素材。

王J出门遛狗，会留意街头看到的所有景致、物件，回家后，几乎不动心思地把不相干的东西“数码列印”在一起。每样东西独立存在，又毫无关系。比如，一块丝巾上，出现了袜子、蛋糕、布娃娃、帽子、蛋炒饭、不锈钢锅。但凡她想入画的，便能搭配起来。正因如此，每一幅丝巾画都颜色浓郁、丰富多彩，充满古怪的幽默感，以及强烈的视觉冲击。

王J还把自己的13双鞋子，大小不一，无序排列地画在丝巾上。高对比的色彩，莫名其妙地吸引着人们的眼睛。

与此同时，爱拍照的王J，还建有个人网站，作为展示丝巾画的平台，通过在世界各地的同学及朋友，口口相传，越来越引起时尚圈内外人士的关注。

在香港，有家名为“哈维尼科尔斯”的时尚品牌店，在过去数年间，几乎搜集了王J所有款式的丝巾。没过多久，王J便拥有了第一批忠实“粉丝”。

热爱旅行的王J，把沿途所见所闻记录下来，推出第一个假日系列作品。内容包括沿途吃食、当地杂志小插图等，印制在羊毛丝巾上。她参加了一次在台湾举办的时尚展品会，迅速引起抢购。

这年年底，王J和好友克莉斯蒂娜创立了丝巾品牌CJW，即使是最小幅的迷你款，也标出175美元的高价。

迄今，王J在欧美、韩国，以及中国的香港和台湾，已拥有超高人气。巴黎著名时尚网为其开启头等的品牌展区和展位；韩国的时尚杂志也忍不住吆喝她的丝巾。

怎样才称得上有腔调？在王J看来，腔调就是打破规则，再创造规则。一般情况下，丝巾需要模特展示产品。王J选择了自己的爱犬做模特，拍出各种时尚大片，登上了全球各大时尚网站，得到广泛传播。这只狗意外成了网红。

腔调即乐趣。王J为世界奉献的，其实是生活的新锐玩法。

把乌龟壳爆改成相机

38 岁的徐鹏翔是个典型的老文青，山西太原人，现居上海，大学学的是中国文学专业。然而他从小喜欢自学，对正规学业不感兴趣，大学毕业后先跑去做广告，后从事设计、动漫、摄影、绘画、装置、雕塑、相机改造等各种工作，均为无师自通，自学成才。

八年前，徐鹏翔辞去艺术指导的工作，自主创办“色迷迷相机”网站和工作室，全身心投入到个人艺术创作和器材改造中。他酷爱收藏古董胶片相机和相机改造，走进他的工作室，会惊讶于他怎么有这么多琳琅满目的相机和零件。他介绍说：“我至少拆解过上千台各式各样的相机，有很多相机是在 eBay 网上淘来的。”

在过去八年时间里，徐鹏翔不仅用老相机功能尝试各种玩法，还将相机别出心裁地创意再造和再组再生，艺术化地赋予老相机新的生命和内涵，如同他的网站标语“玩相机被相机玩”，被称为“爆改狂人”。

八年来，他经手改装的相机已有数百台之多，背后却是不计其数的失败，有时为摸清一款相机的机械构造，往往需要拆解三四台同款相机。按他的话说：“我的手艺全是‘踏着相机的尸体’摸索出来的。”

一款名为“生物眼”的龟壳相机，便是他几年来颇有成就感的爆改项目。2015年，徐鹏翔和一名程序员合作，开发出一款通过单片机控制的票据打印成像系统。基于这个成像系统，徐鹏翔就已将龟壳相机研发至“生物眼3号”了，而另一成像装置“自拍面具”，则是用摩托车头盔改造而成，打印出影像“立等可取”。

近年，徐鹏翔在家人支持下，开网站、淘宝网店、微信公众号，仍在根据客户需求改装相机谋生计，还用饭盒做相机，用水壶做相机，以及用相机零件制作成台灯或工艺品，并开始使用3D打印机制造零件，以相机元素和主题创作“生物眼看世界”系列油画作品，将相机文化与生活、艺术、科技等融合在一起，吸引无数“粉丝”拥趸。

针对爆改生涯和初衷，徐鹏翔表示：“我是文科生，经常有很多新想法。而我很幸运，不是宅男，是言必信、行必果的行动派，常会去划皮划艇或跟朋友出海钓鱼，大自然带给我不少启发和灵感，能够把天马行空的脑洞实现出来。这种奇幻跨界，本身就很耐人寻味，更有挑战，所以享受。”

把旧滑板爆改成彩色吉他

尼克·帕福德23岁,常住美国旧金山。滑板和吉他,原本毫不搭界的两样东西,在他精巧组合和精工细作下,竟爆改成一件非常美好而有趣的事物。他把本应送往垃圾场的旧滑板,经手工锯裁打磨,重新拼接,制作成一把把崭新的电子吉他。

尼克·帕福德大学学的是工业设计专业。生活中他与很多年轻人一样热爱运动和音乐,是资深的滑板运动爱好者,又是摇滚乐发烧友。他童年时开始玩滑板,至高中时已玩坏大大小小十几块滑板,全摆放在家里,挂在房间墙上。五年前的一天,距离高考还有一年多,他在学校举办的一次体育比赛中不慎受重伤,经医生诊断,需卧床半年。

尼克·帕福德正值青春年少,在卧床半年时间里,眼睁睁看着墙上落满灰尘的旧滑板,却下不了床,想玩也玩不了,既焦急又孤独。待病情好转,他开始闲不住,眼睛又盯上满墙的旧滑板。有一次,他在百无聊赖时,想出个新点子,如能把旧滑板改成一把吉他,不仅能自弹自唱,打发寂寞时光,还能使旧滑板以另一种姿态获得重生。

大学四年,尼克·帕福德基于对滑板、音乐和设计的热爱,坚持上网观摩手工制作吉他的视频教程，从选材、刷漆、打磨、抛光、调音，到音箱和琴颈制作等各环节，把手工制作吉他流程熟透于心。他从零做起，又自学木工工艺变身为木工达人。

尼克·帕福德大学毕业后，没有像其他同学那样去找工作，而是留在旧金山市租了间房，全身心投入到爆改旧滑板并纯手工制作电子吉他的项目及规划中，创立属于自己的彩色滑板吉他品牌。

由于是纯手工制作项目，尼克·帕福德在选材上均采用回收来的旧滑板，且沿用滑板旧有的色彩和图案，再精细制作成一把把色彩斑斓的电子吉他。除了几根弦、拾音器和电子线路，他每做出一把吉他，从主体构造、独特外形到色彩图案等元素，均完美地应用于设计和制作中，加上与众不同的手感和优质音色，配以丰富的色彩，每把吉他都堪称独一无二，极具个性。

不久，一支在世界上赫赫有名的摇滚乐队创始人兼吉他手主动找上门来，特别定制了一把滑板吉他。尼克·帕福德初出茅庐，因得到如此高规格礼遇和订单，名声大振。至此，尼克·帕福德从创意伊始，到创立彩色滑板吉他品牌，已过去五年多时间。他将工业设计与制作吉他相结合，让旧滑板获得新生命，把兴趣爱好转化成了事业。

现今，尼克·帕福德作为摇滚乐发烧友，还组建了一支属于自己的滑板电子吉他乐队，更把彩色滑板吉他赋予了新的生活态度。他爆改出来的滑板吉他一经推出，每卖出一把，售价均不低于2300美元。即便昂贵，来自世界各地音乐家及乐队的咨询、邀约和定制都不曾间断。

记录生活“每天1秒”

现年32岁的凯撒·库里雅玛是美国纽约一家广告公司的动画设计师，两年前的一天他突发奇想，用摄像设备每天为自己拍一段视频。时隔一年，他一共拍摄了365段视频，内容囊括生活中的点点滴滴和方方面面。

随之，库里雅玛又分别从365段视频中各截取“1秒”，每“1秒”代表独立的一天，持续一年时间，加在一起的时长就是365秒，然后进一步裁剪、整合，最终剪辑制作成时长为6分05秒（即365秒）的“微电影”，取名“每天1秒——30岁”。为完成这部短片，库里雅玛从30岁生日的那一天起，坚持每天拍摄，保证他的每一天、每“1秒”视频都是新鲜的。他这样做的结果，同时也激发了他的创造力，改变了他很多以往的生活方式。

此前，他每天下班后，就喜欢窝在沙发里看电视，过着几乎浑浑噩噩的日子，自从进入这个项目后，他发现生活原来如此丰富多彩。为保证视频的趣味和多样性，他不可能天天“宅”在家里，也不可能只有几种或几十种生活场景和行为活动。

在坚持一年的拍摄过程中，他同时发现“1 秒”固然非常短，但和记忆链接后，则会变得引人入胜，他更加体会到如何能快乐地活在当下，本身就是非常有意义和价值的行为方式。

库里雅玛又把拍摄制作完成的《每天 1 秒》视频，拿到了世界著名的“TED 大会”上首映——TED 是英语 technology（技术）、entertainment（娱乐）和 design（设计）的首字母缩写，在大会上演讲的嘉宾均来自世界各领域的名流、富豪、科学家和艺术家等，演讲主题和内容更以观点响亮、看法新颖、种类繁多而著称。

“TED大会”给了库里雅玛一个向外界展现自己的思想和故事的平台。《每天 1 秒》视频首映后迎来各方非常积极的反响。随后，《每天 1 秒》视频在网络爆红，迅速传遍全世界。一年 365 天，每天 1 秒钟的生活场景，包括 1 次婚礼、1 次葬礼、长期疾病、和家人朋友共度的温馨时光、假期、食物以及自然景观等，视觉效果诡异又亲切，观后又令人惊讶和赞叹不已，引起诸多关乎生命和人生的思考。

库里雅玛立志要将这一事业进行到底，不仅要在他余后人生的日子里每天记录 1 秒钟，还要让更多的人都能轻而易举地分享他的成果，与他一样体验这种快乐、美好、感悟和思考。

库里雅玛决定与一家应用设计工作室展开通力合作，开发一款基于手机互联网、可以登录 iOS 和 Android 平台的 APP 应用产品，取名“1 Second Everyday”（每天 1 秒），简称“1SE”。有人预计“1SE”的功能非常强悍，比如，提供多种时间轴，你可以为自己和亲人，甚或为你每天穿的衣服进行记录；可以随意挑选某一时间段进行拼接；集成社交网络，能直接上传至社交网站；任何相关摄像进行拍摄，然后用“1SE”编辑器集中合成 10 多个功能选项。

库里雅玛认为,“1SE”不是一款普通的应用,它将改变你现有的生活状态,而最终成为陪伴你很长一段时间及至一生的生活方式。虽然之前有人尝试用图片记录生活,但视频包含声音和动作,更加直观生动。

以真切而美好的体验感受来证明,“每天1秒”注定不是一个平凡的微电影、短片、视频、录像之类的措辞。如果能活到80岁,你在30岁后开始坚持拍摄“每天1秒”,余下的50年里,将会记录并留下长达5个多小时的影像资料,足以为自己的人生画上一个完美的句号。

3D小厨师餐桌秀

去餐厅吃饭等位或者点餐时，多数人不是聊天就是低头玩手机。如何才能解决这样的等待时间呢？来自比利时的两个吃货级技术宅男，利用3D投影映射及动作捕捉技术的创意餐饮解决方案，带来了充满魔力的视觉和味觉双重盛宴。

菲利普和安东在某个艺术展览会上碰面后，志趣相投，共同创立了“骷髅”艺术工作室。他们将艺术和高科技、创意和真实相结合，以更具实验性的展现方式，为客户提供定制化的视觉解决方案。

应客户要求，他们做出了第一部3D小厨师餐桌秀作品《烤牛排》。作品描述了一个小人国世界，通过3D投影映射，你会看到面前的餐盘上，一个憨态可掬的迷你小厨师仿佛从地下冒出来，做了个90°鞠躬，说声“你好”，便开始在餐盘周围忙得不可开交，加油、点火，拔出土豆和胡萝卜，切西兰花，翻烤牛排……人物活灵活现，形象滑稽幽默，场景趣味生动。这部总时长130余秒的演示视频，在即将剧终时，只听“嘭”的一声，火花飞溅，厨师和牛排就消失不见了。

菲利普和安东觉得，这么好玩有趣的创意之作，应该当作实验项目继续做下去。重要的是，他们在生活中不仅是吃货，还是很好的厨师，做出一系列这样的作品，可谓是艺术创意和高科技的强度融合。

他们利用真人动作捕捉模拟系统，进行人物动作拍摄，再由多媒体投影技术，按照 10000∶1 比例，将生成影像缩小在餐盘范围内，最后合成 3D 小厨师烹饪表演秀的动态及故事效果。

没想到的是，两人将这个餐桌秀拍摄成短片上传至网站后，短短几天视频就赢得了超过 470 万次的点击量。

于是，他们又推出第二部作品《马赛鱼汤》。这部 3D 餐桌秀，将桌面变成了一片蓝色海面，小厨师从大海里爬上餐盘，用渔网打捞海鲜，尤其是小厨师开着汽艇，绕餐盘半圈，配乐、水花、汽艇声，既逼真又风趣，再获好评。

五个月后，第三部餐桌秀《甜点》横空出世，桌面则又变成了纯白雪地。坐着雪橇赶来的小厨师，先是在雪地上滚出一个大雪球，再用力扔到餐盘里，用水管挤巧克力，用灭火器喷奶油，脑洞大开，同样引起极大反响。

2016 年 7 月 10 日，菲利普和安东空降上海，举办了 3D餐桌秀亚洲首秀。这场秀投射在桌布上，立体的视觉效果比原版投射在餐盘上更强烈。观秀后，愉快的晚宴就此展开，端上菜品，为体验者开启一场 3D 小厨师的奇幻之旅和味觉晚宴。

之后，3D 小厨师餐桌秀项目作为一种独特的创意餐饮新形式，在各大城市陆续上演，吸引了一众好奇的目光。

进驻中国后，菲利普和安东不断吸收灵感，努力创作出完全中式化的 3D 小厨师餐桌秀系列，把全新创意化菜品和视频故事不断推陈出新，以此引燃创意餐饮和精致生活方式新理念。3D 小厨师餐桌秀项目除了为顾客带来更多精选美食，还有感官体验和享受美食相融合的用餐乐趣与魅力。

·将公益画室开进城乡古村落

出生于1971年的林正碌，是个传奇式的大叔级人物，22岁时开始经营进出口生意达15年，最高年出口额高达1.5亿元人民币，成为行业巨头之一。他前后经历4次破产，至最后一次破产时，开始痛定思痛，思考人生。

林正碌小时候是个学霸，被人称为“最会读书”的孩子。高考那年，因把高考作文《论近墨者黑》写成《近墨者未必黑》而名落孙山。落榜后，他非常羡慕考上大学的高中同学和高校生活，便突发奇想地辗转多所高校里去蹭课，4年后他的高中同学都大学毕业了，自己没地方蹭吃蹭睡才停止蹭课。重要的是，林正碌是个酷爱读书的人，经济学、哲学还有各种艺术门类，均是他蹭课后自学成才。

7年前的一天，林正碌的进出口生意因彻底破产而告终，转身回到位于莆田乡下的家中开始自学绘画，竟一发而不可收拾。他从画出第一张油画后，又自学艺术发展史，每天对着镜子画自己不同风格的肖像画，连续创作众多作品，成就感大增。用他的话说：“画得非常成功，有一种才华开了挂的感觉。”

经过思考和磨砺，林正碌独创的零基础绘画技法日臻成熟，其依据是："科学地分析光影和色彩在形体起伏、空间转变的明暗交接处的变化，从中寻找出不变的科学规律，形成逻辑定式，人人都可以提笔作画，在短时间内完成作品。"

传奇的是，林正碌自始并非自娱自乐，而是立足乡下的古老村落，免费教人绘画。在过去 7 年的时间里，他通过各种途径筹集资金，创建了一间公益油画教学工作室，不仅不收一分钱的学费，场地和画材均是免费提供，消息在网上传开后，省内外的城里人纷纷慕名而来，捅入环境幽雅、空气清新的山间古村落，按捺不住地体验一把。

此后，林正碌开启"文创入村"计划项目，将画室开到福建屏南一处名叫"漈下村"的古村落，不仅能让没有任何绘画基础的男女老幼学会画画，还能把画卖到世界各地，卖画所得全部交给绘画者本人。其先前的很多学生，因他而走上职业绘画道路，参展并获奖，过着靠绘画养家糊口的生活，更有不少学生成为公益教学团队骨干，和他一起推行公益画室及文创项目。

迄今，林正碌及其公益画室已教授过工人、农民、白领、残疾人等各类人群累计 5000 余人，上自高龄老人，下至两岁孩童。

近两年，其公益画室已发展至上海等大城市，还开到江苏海安、山东平度、青海玉树等更多三四线城市及偏远古村落，每开到一处，那里便成为很多城里人观光旅游、体验新式生活的一道风景和文化圣地，海内外职业画家、大学教授及艺术批评家都帮他的公益画室和文创项目"背书"，给予高度推崇和肯定。

曾是亿元级富豪，如今生活过得相当清贫，而林正碌却说："画室开进城乡古村落，公益就像一个火种，点燃的不仅是民间文化，更是我们画室的文化自信，改造的不仅是物，还有人心。"

朋友圈的“1000+Coffees”计划

QQ、微信、微博……我们的每个社交账号上都加了许多好友，认识的、不认识的，熟悉的、不熟悉的，常联系的、不常联系的，并且还会随着时间的推移不断增加。对待日益“陌生”的好友，大多数人的做法都是无视或者悄悄删除。然而，这样的做法会不会有些冒失，人与人之间的关系一定要这样冷漠吗？

28岁的马特·库列萨是澳大利亚人，他注册FaceBook已有七年，朋友圈的好友已达到1088个之多，这让他感到极为烦恼。

一开始，马特和同学、同事建立了首批好友圈。但随着时间的推移，添加的好友越来越多，有的是朋友的朋友，有的是营销伙伴，还有的是和他在某些方面有共同兴趣、希望深入交流的人。再后来，不管认识还是不认识，他都来者不拒，通通加为好友。

然而，马特逐渐发现，尽管在社交软件上可以对老同学、老同事、老邻居的生活状况和行踪了如指掌，但在现实生活中找个时间见面的机会却越来越少。马特不禁感慨：是我们改变了朋友圈，还是朋友圈绑架了我们的生活？是应该坐下来平心静气地删除掉朋友圈里不认识的好友，还是应该屏蔽好友大量无用的垃圾信息或者干脆退出朋友圈？但他又不得不承认，在虚拟的世界里，不管熟悉不熟悉，朋友圈里的人都成了最熟悉的陌生人。

两年前的某一天，马特登录朋友圈想浏览一下自己感兴趣的好友的近况，却意外地被很多不熟悉的人刷屏。于是他痛下决心，欲删掉一部分好友。当要清理已有1088人的好友名单时，他突发奇想："既然社会交往是必需的，又不可能和所有人都成为最要好的朋友，有没有什么办法能筛选适合自己的好友？与其删掉这些人，为何不和他们联络一下，一起出来喝杯咖啡？或许能开启另一种崭新的生活方式。"

马特想到做到，他给自己的人生设定了一个马拉松式计划：邀请朋友圈里那些熟或不熟的好友出来喝咖啡，"1000+Coffees"计划就这样诞生了。他最初这么做时，也不去想计划最终是否能够实现，因为朋友圈好友实在太多了，即使每天约见一个好友，要完成这项1088个好友的喝咖啡计划，也至少需要三年的时间。

约书亚是马特首先约见的人。他们在某个音乐节上相识，此后一年仅仅局限在朋友圈交流，没有再见过面。自从约出来喝咖啡后，两人一见如故，共同回忆和畅聊在音乐节上跟一群朋友的"一面之缘"以及那段露营的欢快时光，互相感慨着时间飞逝，别有一番惊喜。

詹森是马特的小学同学，也是小时候的玩伴，长大后由于各自的人生轨迹变化，已有十六年没再见面。他把詹森约出来喝咖啡时，詹森已经是一名专业的摄影师，这成了他们久别重逢之后的又一次交集。

多次成功约见朋友圈好友喝咖啡后，马特深有体会地说，在社交网络盛行的时代，人们大都习惯于坐在电脑屏幕前动动手指，人与人见面互动的机会反而减少。首先要跨出自己的舒适圈，跟不熟的朋友边喝咖啡边聊天，这可能有些小尴尬、小别扭，但最终会发现，原来每个人的身上都有值得学习的东西，大家都有闪光点。

让马特记忆尤为深刻的是，他还在极短的时间内约见到了自己的前女友。他欣喜地说："我把五年前分手的前女友约出来喝了咖啡，她还对我实施这一计划表示认同。我们目前各有另一半，但能够以这样的方式见个面叙叙旧，感觉真的很好。"

你的朋友圈有多少好友？一百、两百，还是多到上千？面对不认识的好友是屏蔽、删除还是置之不理、放任自流？在为"1000+Coffees"计划建立的网页上可以看到，马特把每次约见好友喝咖啡的情景都当成一次小型聚会，除了陪好友喝咖啡聊天，还拍照留念，以图文并茂的形式记录下聚会过程及收获，与网友们分享，意在让更多的人重新认识自己的生活圈，提示更多的人与生活中的好友建立更紧密的联结，传递出一种正能量。

马特这样写道："与熟悉的陌生人聊天时，你会渐渐发现，每一个人都有比虚拟世界中还要耀眼的特质，甚至还有许多新鲜的故事，让人印象深刻又受益匪浅。"

一个网友在留言中说："我非常讨厌同在一个朋友圈里却互不了解的陌生好友，所以最直接的办法就是删除，而你反其道而行，是个非常聪明和真诚的人。"

马特则回应："我的朋友圈原则是要知道能否和这个人一起喝咖啡，如果不能，就不会在朋友圈里继续联系。现在我所做的就是将这个原则付诸实践。"同时，他也更加期待在接下来约见好友时，还会遇到什么有趣的人。

马特的朋友圈咖啡计划还在继续进行。大多数人觉得这个计划很有趣，很多朋友圈好友因为彼此虽不熟，心里会觉得“天哪，这实在有点别扭”，但真正被约出来见面喝咖啡，很少有人会拒绝。

虽然“1000+Coffees”计划可能会超出预定的三年期限，但在这个过程中只要能见很多人、识很多事，不管需要多久的时间，马特都会继续坚持下去，直到完成。因为真正有温度的友情是在现实生活中，应该面对面，看着对方的眼睛，开口聊聊彼此的近况与远忧、过往与梦想。

把最好玩的事做到极致

28岁的C.J.亨德利原是澳大利亚一名职业游泳运动员。12年前她才16岁，希腊雅典奥运会开赛在即，她却因伤病缠身痛失参赛资格，不得不告别游泳池。退役后她进入昆士兰大学学习，攻读建筑设计专业。

她在学业方面也不怎么样。作为设计生，在大学学习近一年，却连最基础的CAD设计软件也操作不好，同学嘲笑她："笨蛋，四肢发达。"老师布置的制图作业她都完不成，无奈之下只好以退学告终。

C.J.亨德利回到家中，感觉走投无路，失意至极。过了几天无所适从的日子，逆反心加重，她开始想象："说我不会操作CAD，做不了制图设计，我亲手来做这件事还不行吗？"

这时她的绘画功底充其量仅有小学水平。她把自己关在家里好几个月，专心投入到学习手绘中，并作为最想做的事坚持下来。然而，她画了一件又一件手绘作品，自己看了都忍不住发笑。

随后几个月，C.J.亨德利对手绘越来越痴迷，除了必要的日常生活和睡眠时间，每天坚持手画十五个小时以上。重要的是，为使手绘效果更逼真，她仅用一支黑色油笔和一把尺子，对每一个绘制细节都不容许有细微差错。

直到九个月后的一天，她的闺密来玩，发现了摆放在桌面上的手绘画作，以为是放大了的黑白照片。闺密知道实情后非常震撼地说："太逼真了！这完全不像是亲手绘制出来的，你应该拿到艺术网站上展示，一定会有意想不到的收获。"

有一个艺术分享网络平台的负责人看到她的手绘作品后，同样感到震惊，当即出资为其仅有的几幅作品做了一次展览。C.J.亨德利及其手绘作品深受观展人追捧和好评，更有人当场愿意出资一万美元买下其中一幅画。

C.J.亨德利感到受宠若惊，深受鼓舞。然而她没有急于将作品变现，而是再次转身回到家中，重拾初心，继续打磨新作品。由于她每画一幅手绘画至少要耗费两百个小时，每处细节都细致入微，极致逼真，因此被称为"超逼真黑白手绘"。

在过去的十年时间里，她画过购物类、生活类等各种素材的黑白手绘，尤其是她的手绘奢侈品，更受到全世界众多奢侈品品牌的青睐，纷纷邀请她为品牌做宣传。近年，她的黑白手绘的单幅价格也由最初的一万美元暴涨至五万美元，时尚、影视、传媒等各界名人显贵和明星大佬争相收藏。

C.J.亨德利在回忆起当初的人生抉择时说："做游泳运动员时受挫，读书时又受委屈，我还能有什么可选择的呢？只有把最好玩的事做到极致，而黑白手绘又是我最想专心做的事。"

第六辑

你若盛开，清风自来

然而我错了。不多日，花就凋谢了，那一缕幽幽的花香成了无望的回味。于是我明白了，花香是无意的，一旦被人刻上爱的迹痕，反而失却了花香的尊贵。最终，因为爱它，却造就了它的悲哀。是的，生活中，人总有这样或那样的困惑，包括我们爱什么或者被爱。但这都不要紧，要紧的是我们是否付出真心去爱了，以及是否真正领悟到了被爱的尊贵和幸运。

真　情

真情最真，真情也最重。

真情在抑不住的感动中淋漓体现，在生死离别的瞬间里膨胀升华，在刻骨铭心的记忆中纵入深刻，在风雨同舟的日子里滋生蔓延。

真情有一种撼人的力量，真情有一种质朴的美丽。

真情没有三月的鲜花那样异彩，没有五月的阳光那么热烈，没有九月的果实那么裸露。

真情是春天的雨丝，“润物细无声”；真情是宁静的港湾，“无声胜有声”；真情是秋天的苍穹，“野旷天低树……”真情是寒冬的白雪，“遍地琼瑶世界”。

真情就是真情者的旗帜，真情就是真情者的丰碑。

真情可以不是灯，但不可以不是身后的眼睛；真情可以不是藤，但不可以不是深扎的根须；真情可以不是泪，但不可以不是及时的甘霖；真情可以不是喊出的口号，但不可以不是心底的声音。

所以，真情里没有谎言，真情不容欺骗；真情里没有浑浊，真情不可亵渎；真情里没有顾忌，真情化解隔膜；真情里没有空秕的种子，真情渴望沃土。

所以,孤寂的时候记起真情,悲哀的时候想到真情,失意的时候寻觅真情,受伤的时候勿忘真情。

真情是真爱,是真实的质地。

真情是淡水,是纯粹的透明。

· 心　声

心声是情感的无私给予，心声是情感的默默领会。

心声是知己的关心，知音的体味，知心的共鸣。

心声是苦涩下的甘霖，心声是黑暗中的星光。

心声是惶惑时不经意的感慨，心声是绝望时不经意的通达。

心声是心灵深处，青春的哲语，是生命的灯，是人生的岸，是在多少的风尘与磨砺之后才得到的休憩和平静。

心声是了解、理解、谅解的升华和焦点，往往一针见血，一触即燃，一击就能撞出共鸣，迸出火花。

那春花悄悄开启的颤动，那新泥静静散发的芳香，那小溪潺潺流出的欢歌，那山峦悠悠回荡的声响，不正是大自然的心声吗？人的心灵与自然在这里交融，昭示着生命无限，青春永恒。

心声无须喧哗，在心灵与心灵深处幻化、交融。

慰藉、劝勉……心声是这样心平气和，娓娓动情，分担和化解深重的心灵包袱。

心声把你、我、他拉在一起，抱成一团；心声又使你、我、他成为真正的你、我和他。

最终,心声是要重叠在一起,合二为一的。

但,心声有时会自缚,该如何来告诉你——会听的人,声声是;不会听的人,声声不是。

四季断想

1

岁月是一把精巧的剪刀，剪裁着碧水绿柳、鸟语花香，也裁量着你的衣裳。

一丝惊叹，从脸面沉消心底。惊叹不再有童心般的烂漫，和书本一样厚重的日子，少年的身影渐走渐远。

而另一份惊喜，却从心底浮现脸面，惊喜生命从此开始真实。

2

激情如斯——

要笑，就笑傲苍天，笑过划破青天的雷鸣；要哭，就哭得淋漓，哭成倾盆大雨，汇成你人生的江河。

踏过一个山头，生命又会有新的神秘；走过一条河流，人生就又少一重阻隔。

一个人,只能站在一条地平线,却有着无数个制高点。

3

捡一片赤红赤红的枫叶,依然有着青春时的心情,稍稍停一停脚步,也不能说,没有一瞬是曾经有过的感受。

这一段充实饱满的人生,收了成功的果实,却将败了的残叶,丢在风里。

4

一位老人,端详东边的山峦,却故意背倚着夕阳。

没有老去,只不过是岁月的霜雪,漂白了山头——多么想,再用青春的颜色,泼墨涤染;

不该老去,只不过是岁月的犁铧,不规则地开垦——多么想,再用夏季的风雨,夷为平地;

不能老去,只不过是岁月的光阴,不再映放昔日的风景——多么想,再用浓秋的金彩,重新装点。

5

人人都在宽慰生命,人生却,已没有下一个春天。

尊贵花香

晚上，朋友来串门，走进我家小院，突然闻到一种花的香气，停住脚步问："真香啊，这是什么花的香气？"

而我一直住在这里，恍如初次闻到这种花香的味道。在依稀的夜色中，这种花盛开时特有的一种幽幽的药香味，使我的心境陡地豁然开朗。

"这叫金银花，是对面一楼的邻居种的，每年到四五月间，都开出粉黄色的小花朵，一簇一簇的，还别说，现在闻起来真有一种悠然的檀香味呢。"我感到奇异地说。

朋友却诧异："你每天从这院落里走进走出，怎么会闻不到这花香呢？"

羞怯地笑了笑，我自感愧对了这花香，仿佛愧对了自己一样。当晚剪下数枝开得正火的花，插在瓶中，置于案头。每闻到花香，仿佛胸中就多了一份雅气，一种性情陶醉的愉悦，一次精神勃发的触动。

然而我错了。不多日，花就凋谢了，那一缕幽幽的花香成了无望的回味。于是我明白了，花香是无意的，一旦被人刻上爱的痕迹，反而失却了花香的尊贵。最终，因为爱它，却造就了它的悲哀。

是的，生活中，人总有这样或那样的困惑，包括我们爱什么或者被爱。但这都不要紧，要紧的是我们是否付出真心去爱了，以及是否真正领悟到了被爱的尊贵和幸运。

·实心实意

1

我不喜欢太亮的灯光，灯光太亮，心就紧慌；也不喜欢太艳的花朵，花朵过艳，心就遐想。

于是，我懂得了如何给你温暖和光亮。

2

走了很远，前面的路依然还长；忙了许久，却似乎什么事也没发生。依旧如无名的小草，远看青青，近了，却若有若无。

但是，我知道了怎样善待还在鲜活而亮丽的生命。

3

看到哈哈镜里被扭曲的自己，感到心痛；看到沉淀水底如覆面具的容颜，感到虚妄。一时地，颦眉冷对的情景，刻骨铭心。

因此，我学会了该为自己保护一段怎样的情感。

4

实心实意，让世界无言。无言，是最深的感动。

实心实意，人生斑斓，收得情重如山。

炫耀和渲染，都不过是随风的云烟。

涨大的水滴

雨，终于停了。

抬头，看着瓦檐一线之外的天空，正在期待着晴朗，青葱的梧叶撩着悠悠的风，没有卷雨重来的意思。

是的，先前的雨帘从屋檐垂泻挡住你视线的时候，从你焦躁不安的眼神里，你就在怨恨和祈祷。想不顾一切地冲进风雨里去，用单薄的身躯劈出一条路径。尽管周遭泛滥的雨水浇湿你的衣服，凉透你的全身，甚至将你滑倒在地。

所有的人都在避雨，你却想冲破雨帘水瀑，劈风斩浪。因为你有一颗年轻的心在激昂跳动，时时处处，总想显示一个真实的自我。

然而，你没有挪动一步。风雨在横扫斜劈一番过后，天空渐渐明朗。你开始庆幸刚才顽强的忍耐和坚持了，你在风雨面前变得矛盾而复杂。

这时，你抬头，再看那一线长长的瓦檐，依然有雨水点点滴落。

那是一颗水滴，从瓦槽里滴落后，什么也没有了，重新等待一颗水滴的涨大。一眨眼，有亮晶晶的东西在蠕动了，悠乎，渐亮，在渐渐地涨大。谁都知道那是从天上落下的雨水，可谁都不知道注视那一颗在慢慢涨大的水滴。水滴在涨大，不易觉察地涨大；你的眼睛在亮，不被觉察地在亮。水滴羞羞答答，仿佛是不敢睁开的眼眸，不敢正视你对它的仰望呢。

忽然，你则惊奇地发现，哦，涨大的水滴，一颗被天空遗落的珍珠，又被风雨抛弃的精灵，怯怯地从你深情的仰视中苏醒了。

你看着想着，期待着那颗水滴滴下来。

然而，当你激动地伸出双手，去迎接它生命的全部时，吧嗒一下，水滴奋不顾身，竟投向你心灵的窗口而去。

哈，你的眼角，有什么液体闪亮了一下，如同一颗晶莹的晨露挂在花瓣上，折射着太阳的光辉……

选择坚强

坚强本是磐石的秉性；坚强也是一粒种子的意志。

坚强与否，不是潜心修炼的结果；是否坚强，是艰辛磨炼的成就。

坚强，是你成长的向上力量，是你成熟的自我状态。

童年时，坚强，是在妈妈的鼓励下眼角不落的泪珠，总是在摸爬滚打中，在摔倒又站起之间，孕育出许多抹不去的关于坚强的记忆。

长大了，坚强不再是口头言说的字眼，它已层层深透地刻入你人生的词典，放置在情感最需要的时刻和灵魂最关键的地方。

暴风骤雨中，坚强是你毅然度过的支撑；百无聊赖中，坚强是你值得信赖的慰藉；踌躇满志时，坚强引导你如何把灯点亮；举步维艰时，坚强唤起你怎样咬定青山。

于是当一切都成为过去，当一切都曾经越过，蓦然回首，才发现人生最精彩的华章就在那一道道关隘和险峰之上。

收藏曾经之美

我有一位朋友叫阿卓，业余爱好收藏，自新疆远道而来，同时也为我带来了一只精美花瓶。花瓶呈天蓝色，高不盈尺，颈部细长，腰部略鼓，瓶身镶嵌的花纹色彩明丽，线条流畅，细微之处更如蚊足。

我发现瓶壁却出奇地薄，似乎吹弹即破。不禁心中思忖，新疆距离南京何其遥远，路途何其颠簸，朋友千里迢迢随身携带着这么个花瓶，坐汽车，乘火车，几天几夜，几经周折，真是难为他了。

"小心点，这可是易碎品。"朋友见我左右把玩时说道。"这花瓶你是怎么带过来的？"我不禁感叹着问道。"怎么样？漂亮吗？""漂亮。"我说。"这不就行了嘛。"朋友两手一摊地说，"何必问曾经呢？"

我感动极了。朋友走后，我将花瓶小心翼翼地置于案头，又买来时令的鲜花插在瓶中，登时眼前一亮，生命无限，生机盎然了。守望花瓶，如同注视着一个活生生的生命，令人心中充满沉思和遐想。

它不远万里，历经迢迢跋涉，最终能完满而安然地走进我的斗室，降临于我的面前，其中，该是一段何等惊心动魄的旅程啊。是的，所有的美好业已呈现，所有的呈现已成定局，又何必问它的曾经如何，所有的曾经又算得了什么呢？

所谓收藏本是个人爱好，收藏曾经的美丽，何必问曾经的远近？也或，收藏本身不管经历怎样，曾经如何，只要内心存有一份美丽，能够好好珍藏，不断发现意外之美，就是最大快乐。

·异乡的萨克斯

因为最初的梦想，也因为升起的信念，注定了我人生的坐标一开始就选择指向了远方。

一个可以不被关注的日子，一种也无风雨也无晴的心情，一个想飞的少年已不是紧偎屋檐的家雀，背起了塞满亲人关爱的行囊——我将走向向往已久的远方。

来不及再回首温馨的家园，看不清偎依家门的身影和远送的目光；深情的叮咛在耳边萦绕，如路边树梢燕雀的啼鸣相伴相随，穿过曾经留下童年少年时快乐的笑声和跳跃的身影的原野，走在坑坑洼洼牛粪车辙的土路上，距离模糊了村庄的轮廓。想着即将停止的乡野岁月和即要开始的美好时光，潇洒地挥动着手中的书包：亲爱的家乡、故土、父老乡亲啊，我会回到你们的身边。

然而，挥手自兹去，家乡变成了他乡，异乡变成了故乡。时光荏苒，白驹过隙，我也急切地回到过故里，像季节轮回，鸟儿回归，一头扎进风光依旧的老巢。村前的小河依然流淌，房后的桑槐依旧葱茏，乡音依旧，亲切附加，物是人非的现状使我成了一个“儿童相见不相识”的异乡人了。走向田野，走向河堤，走向坎坎坷坷，掬一捧活水，在嘴里用心品尝，先腥，后涩，又甜；复萌的记忆便像流水一样回望着，在遍天遍野地追寻而去；那小桥呢？那老屋呢？还有童年、少年时的伙伴和疼我爱我的老人呢？

在家几日，遥忆了几日，也喟叹了几日。时光因为珍贵复长还短，看见已经束好的行囊，却完全不同于当初离家时的心情。轻轻地我走了，正如我轻轻地回归，沉重的衣袖挥上去却停在了半空，这一挥又怎能挥去满头白发的亲娘刚刚放下又要背起的沉重的牵挂？我毅然地要走了，走向远方的那个我的所在。走得心灵比脚步凝重，走得心情比行囊还沉，走得模糊了双眼模糊了前方，更模糊了最后回头时渐行渐远的那一幅景象。

真正的家，家属于我；真正的异地他乡，我却属于真正意义的异乡人了，在异地和故里之间，在他乡与家乡之间，终是扮演着异乡之人的角色了。生存的需求和渴望，我从乡村到城里，学会了优雅的点头，学会了有分寸的客气和恰到好处的寒暄，但在我的血脉和气质里，现代的城市文明和淳朴的乡土民风，使我怎么也掸不尽身上黄土的尘埃，怎么也摒弃不了满嘴的乡韵。

天大地大，何处是我家？在肯尼迪的那支萨克斯管奏出的异国情调里，在那曲优美的《回家》反复的音乐旋律里，我沉醉的情感深深地淹没了自己，异乡的萨克斯，总是在吹奏着《回家》，反反复复、重重叠叠、绵绵长长……

光明在穿过小街的一瞬

回走在深冬的夜里，孑然而瑟缩的况味心情，迷漫在空气中，情深弥重地打在我的身上。走进那条小街，内心深处已陷入一种久违了的温暖和温情。

我走进小街，世界上所有的夜晚和世界上所有的时针，总会如我此刻的境遇，以瞬间的方式定格在凌晨零点的位置上。

说起这条小街，它本是一条旧街。比正街窄许，较巷道宽余，总长不过三百米，街面因年久失修而路见不平，两侧梧桐遮日挡雨，但在我已往的生命里，它绝对是一条新街。因为夜深霜重，我抄了近路，才走上这条小街的。街道上已没有一个行人，街边的路灯眯着昏黄的眼睛，却力挺顽强，坚守着浓浓夜色，冷冷隆冬。任谁，心境自然不是很妙，又别样新颖。

抑或出于突然，同样以瞬间的方式映入我眼帘的，是在不远的前方，只有一家小店没有打烊，亮着灯且光亮如炬。渐渐走近，但见店门上方，用灯箱做的招牌和招牌上的荧光字，一派华彩，不停地闪烁。店门到街边，距离不长，是一片空地，也被那招牌霓虹般的光彩渲染得光怪陆离。街边的梧桐树，离店门最近的那两棵，仿佛披上了一层迷彩的服装。这深浓的冬夜，这空寂的小街，因了这家店，恍恍然便活灵活现起来了。小街因此有了喘息，有了气色，有了神韵，有了人间，有了默默的光明和关照了。

我默默穿过那条小街，如同我的灵魂瞬间滑过那家小店。当我回过头去，还是那片光明，令我不由感动至深、不禁浮想联翩。

一个人，一条街，一家店和一片光明。这，不就是人生的全部和真实写照吗？何况是人生百态无定数，人生长路多未知，当于自己心灵里亮起且不是一束，而是一派华光溢彩时，所产生的热度和能量，足可驱除你难耐的孤独和寂寞，支撑你心存感激，引领你穿越生命中每一个深夜到黎明，每一个春天到隆冬和每一段小街到人生。

光明在穿过小街的一瞬，因为静止的灵魂永远无法到达光明的彼岸。

闪电效应

一个人，走进那片果树林时，天已经黑透了。无边的夜色，如黑洞洞的大窟窿，血盆大口一般任凭你挣扎驰骋，也逃脱不掉它强力无比的爪牙。

然而，心气十足的他并没有多想，还自我宽慰地说，还好，这回情况不错，有闪电照路。他显然低估了纠缠不休的雨水魔力，反而带给他几近灭顶的另一重灾难。其实他也曾想，绕过去，绕过果树林走回家去，但那条路至少也得走到大天亮。他先是有这层想法，才进入果树林的，不久便后悔了，朝着家的方向，双脚只是没能停下来罢了。

大雨迷眼，电闪雷鸣，脚下已没有路，脚下亦全是路，自恃聪明的他，怎么也没有想到"脚下的路多了，就会迷失方向"的另一深层含义。

他迷路了。迷路的他，在好几平方公里的果树林里来回地走，来来回回，不知走了多少个来回，怎么也走不出这片林地，到头来还是在原地打圈圈、绕弯弯，如大海上漂浮着的一叶孤舟。

他又冷又饿，加上疲惫和恐惧，后半夜风停雨住后，借助夜空上这儿闪一下那儿跳一下的电光，他才饥肠辘辘、神情恍惚、身心湿冷地赶回了家。

宁在平路走三遭，不在林地转一回。如果在那个夜间，天空上没有闪电，或当电闪雷鸣时刻，他一时大意，在果树上靠一靠身，后果或许更加不堪设想。

家人问："当闪电来临的时候，你在干什么？"

他想了片刻说："我在往天上看。"

"有人望天，有人找路，你这是聪明反被聪明误！"

"为什么？"

"往天上看有什么用？你应该低着头找路才是！"

人在树林中穿行，经常会产生错觉，即使无路可走，却发现脚下全是路。闪电效应或许就在于此，当闪电来临的时候，无论遇到怎样的境况，只顾往天上看，反却错过了脚下的路。

岁月匆匆，人生处处，何尝不应当是这样的呢？一味地仰天长叹，都将于事无补，只有时刻关注脚下的每一步，才能找到自己的出路啊。

码字的幸福

不知从何时起,有人称写文章叫“码字”,写文章的人叫“写手”,或是“码字人”。码字的人最大快乐莫过于文思泉涌,最大慰藉莫过于笔健文丰,最大得意莫过于妙笔生花了,但只有深谙码字的人才知道,其实码字可不是轻松的差事,撇开个人的天赋和才气,痛并快乐着是最大的感受,既是脑力劳动,也是个体力活。

既如此,码字和任何职业一样,都有疲劳倦怠和力不从心的时候。何以缓和疲劳,消除锈钝,也是码字的人在码字的过程中必修的功课之一。若以稿酬论英雄,想必所有码字的人会毫无疑义。其实这并非是码字最幸福的时刻,因为所谓的幸福如昙花一现,感觉也将一闪即逝。

码字的幸福就是不停地码字。码字使人深陷其中,物我两忘,快乐已融入文思里,痛苦便不由得彰显出来,绞尽脑汁,咬文嚼字,不知捻断了多少根青丝到白发,搔破了多少层青皮到白头,才码出多少稚嫩到老辣的文字。岁岁年年,回头再看,码字人在不停的码字中找到了生命的意义,尝尽了其中的甘苦酸甜,找回真正的自己,其幸福之感便不言而喻。

码字是码字人的梦想和事业。任何时候都有才思枯竭和江郎才尽之惑，都有为找不到出路而煎熬不堪。码字的梦想莫过于时有源源不断的码字灵感和激情，于是码字的幸福感便也油然而生。

码字的确是件体力活，疲惫和困顿也会随之来袭。码字没有灵感，码字毫无激情，码字才思像生锈了的齿轮，死不开窍，真是愁煞人也。这时，码字人的幸福便是躺下来，据科学家证实，人在躺下来的时候，思想最为活跃，灵感最为敏捷，思考最为丰富。“梦笔生花”的典故大家都知道，而人不躺下来，怎么睡入梦乡做起梦来呢？幸福之感当然无与伦比。

码字便是一次次躺下，又一次次坐起，一次次才思枯竭，又一次次柳暗花明，品尝到了这样一种源源不断却细水长流，痛苦不堪又乐此不疲的幸福啊。

雪夜拥读

窗外，今年第一场雪却比往年来得早了许多，漫天的雪花扬扬洒洒，天地一派琼瑶世界，远方近处阒静至极，与室内的灯光隔窗相映成趣。这一夜，将是冬之降临，雪之翩跹，人的心灵也即随着夜的延伸和雪的静舞，向着雪夜更深处滑翔着陆。

我喜欢夜读由来已久。早年在乡下，夜已经很深了，唯有灯光如豆，是探向夜色雪国的羞怯眼睛。我常常捧一本书，伏在灯影里，读着关于雪的散章，心绪是那么平静和美好。偶有迷散的雪花，被风轻轻一撩，钻进门缝里来，是那么诡秘和俏皮，把守候的风铃也惊醒了，丁零一响，将我从书中温暖的雪话里引向另一个奇妙和未知。那时，总感觉雪是夜的精灵，雪自无声，飘然而落，何处不是安身呢？于是，书只有在夜间才读得沉静和深挚。

雪夜拥读，对我来说，是再美妙不过的事情了。今夜，雪已将夜色漂白，雪落下来的时候，白夜也即从地面、屋顶和树冠升起来了。室内温暖如春，床头的灯光正好，将白昼时紧张的心情缓缓平复后，慵懒的身躯已经舒展，斜躺在暖和的被褥间，如若没有一本书在手，那是多么不自在。不知不觉，雪自摇曳，夜自更深，我自畅游般深隐于书中情节，物我两忘。

雪夜拥读，贵在心中有雪，时光可贵，是那种有动的静和无碍的自我。古有孙康映着雪光可读书，那是砥砺求进对书的渴读，而今，我的心灵如一片茫茫雪原，银装一派明净，正是素裹得来的杰作。雪夜拥读，静翻慢卷，那书中跳动的文字宛如片片雪花，灵动而多情起来，冷冷的温暖，即可将人的情感融化在字里行间，清凉且馨香。

我相信，在冬的漫漫长夜，有雪相随为伴，便不再是孤灯，不再是影单，因为雪的气息一如书香，令人陶醉，使人安闲。因此，雪夜拥读，读的不是雪、不是夜，读的是雪夜里那无边的寂寞和心灵的深渊。

爱，无所畏惧

二十年前的事了。我因病开刀住院。在等待手术的日子里，一个乡下小女孩被送进我所住的外科病房3床，她得了一种很奇特的病，急需输血。

医院经过血液比配，只有与小女孩一奶同胞的哥哥和小女孩的血液同属一类特别的血型，即是只有哥哥的血液才是妹妹所需要的最佳血源，才能救得妹妹的命。

男孩八九岁的样子，长得虎头虎脑，黑黑壮壮。也许一直生活在乡下，从未出过远门，他第一次进城，却因为妹妹的病，也来到了常与病魔和死神打交道的大医院里，眼睛里无时无刻不充满着孤独和惊恐的神色。

男孩马上要向妹妹献血了，医生关切地问："你愿意献血给你的妹妹吗？"

不知是什么原因，男孩一听要抽他的血，浑身一阵颤抖，害怕极了。男孩犹豫了一会儿，诚惶诚恐又坚定地说："我……愿……意！"

医生又安慰他说："不用怕，没事的，况且这是为了给妹妹治病，为妹妹献血，你已经表现得很勇敢了，只要做好心理准备就行。"

随后，他们兄妹二人被同时送进手术室，开始抽哥哥的血，并为妹妹输血。他们并排分别躺在两张病床上，当护士将针头扎进他的手臂时，男孩更加勇敢，还一边向临近的妹妹露出轻松的微笑。

随着鲜红的血液顺着抽血的管子流出，一点一点被抽走时，男孩的笑容却越来越紧张，一丝丝凝重起来。男孩的心跳开始加速，身体因为心理恐惧变得不安分起来。

护士轻柔地抚摸着他的臂膀，一边抽血，一边微笑着鼓励他："你是哥哥，她是妹妹，为了救妹妹一命，才献血给妹妹的，自己并没有什么不良感觉，你放心，抽血时也不会感到疼痛。"

这时，护士突然听到男孩打破短暂寂静，小心翼翼地说："我不害怕痛，你就多抽些我的血给妹妹吧，等抽走我的血后，我也就死了，我死了就感觉不到疼痛了。"

护士听后，非常吃惊，马上停止抽血，怔怔地关注着男孩的反应和表现，眼泪止不住流了下来，反问道："你怎么会想到自己会死呢？妹妹输了你的血，病治好了，你也不会死，仍然会好好地活着……"

安抚好男孩，护士含泪继续抽血。原来在此之前，男孩一直以为在被抽血之后他自己也会随之死去，却早把自己置身于生死之外，毅然做出抉择，以神奇力量，坚持献血以拯救妹妹之命。

因为这是爱的高度和抉择。所以爱，无所畏惧。

后记:青春的勇气,奋斗的力量

我已是走过青春的人,似乎不再是奋斗的年龄,而事实并非如此,因为每个年龄都有着各自不同的该做的事。回望过去 40 余年的人生历程,“奋斗”二字依然是我人生的字典里最闪亮的词语。在本书中的多篇文章里都有我真实的青春印记和奋斗足迹。

我小时候的作文课并不好,但我善于思考和想象,喜欢阅读和写作,并根据自己有限的经验对阅读的内容重新加以融合,赋予文字新的体会和意义。

后来,我真正进入写作后才发现,文字对我来说突然变得如此陌生,经常提笔忘字或词不达意。这时,我像患了强迫症一样,一个字词一个标点地进行深入探究。坚持几年之后,由于前期的大量积累,我便能够轻松自如地驾驭文字了。

因此我尤其相信,书籍是人类进步的阶梯。我将前人以及名人的名言名句烂熟于心,铭心刻骨,而后坚持、勤奋、努力地付诸行动,投入全部的激情和力量,重复地践行前人所经历的心路历程,以此验证他们的话是否是正确的,或者是否与我的梦想相匹配。

于是我迎来了自己的青春年代，从乡村走进了城市，从乡下步入了大学，直至走向社会、走向人生，去迎接更大的挑战和更多的风雨。

“苔花如米小，也学牡丹开。”多年来，我在写作的道路亦步亦趋，有弯路，也有泥泞，但始终坚持着、勤奋着、努力着，成了一种属于自己的生活方式，也成了安放青春梦想的所在。虽已进入不惑之年，但青春奋斗之心永在。

记得有一位外国老人，名叫塞缪尔·厄尔曼，1840 年生于德国，儿时随家人移居美利坚，参加过南北战争，之后定居伯明翰，经营五金杂货，年逾 70 岁才开始写作。《青春》一文是他的代表名作。

塞缪尔·厄尔曼在写出《青春》之前，名不见经传，但他写出《青春》后，《青春》不胫而走，只因为真正说出了关于青春的秘密，以至代代相传。《青春》一文被翻译成中文仅寥寥 400 字：

青春不是年华，而是心境；青春不是桃面、丹唇、柔膝，而是深沉的意志、恢宏的想象、炽热的感情；青春是生命的深泉涌流。

青春气贯长虹，勇锐盖过怯弱，进取压倒苟安。如此锐气，二十后生有之，六旬男子则更多见。年岁有加，并非垂老；理想丢弃，方堕暮年。

岁月悠悠，衰微只及肌肤；热忱抛却，颓唐必致灵魂。忧烦、惶恐、丧失自信，定使心灵扭曲，意气如灰。

无论年届花甲，抑或二八芳龄，心中皆有生命之欢乐，奇迹之诱惑，孩童般天真久盛不衰。

人的心灵应如浩渺瀚海，只有不断接纳美好、希望、欢乐、勇气和力量的百川，才能青春永驻、风华长存。

一旦心海枯竭，锐气便被冰雪覆盖，玩世不恭、自暴自弃油然而生，即使年方二十,实已垂垂老矣;然则只要虚怀若谷,让喜悦、达观、仁爱充盈其间,你就有望在八十高龄告别尘寰时仍觉年轻。

这篇文章颠覆恒常的思维定式,冲破惯常的概念格局,打破了“青春好年华”的老套子。“青春不是年华……”是文章的纲领性前提,是给“青春”定了一个深深沉沉的调子。

青春不是年华,青春是什么?

“……而是心境……而是深沉的意志、恢宏的想象、炽热的感情……”

“青春是生命的深泉涌流。”

我有幸把这篇文章再次展示给读者,并结合《奋斗,奋斗,跨一步,就成功》这本书,你一定能亲历属于自己的青春奥秘,陶冶情操,增强斗志,指导成长,从中得到教益,以至贯穿到自己实际的人生历练之中。